*L'homme inventa le mariage dès la caverne préhistorique...*

*Il allait à la chasse et s'habitua très vite à ce que sa compagne fidèle préparât, jour après jour, les gigots de mammouth avant de lui offrir ses faveurs amoureuses...*

*En contrepartie, le mâle apportait à sa femelle soumise la sécurité, la défense du territoire et sa puissante sexualité...*

*Gare à celui ou celle qui osait violer les règles d'un jeu sans surprises, tombé bien sûr en désuétude dans la nuit de CRO-MAGNON...*

# LE CAMION JAUNE

« Du soleil! » pensa-t-il en plissant ses yeux bleus.

L'hiver s'était montré particulièrement dur cette année dans le Michigan.

Les Grands Lacs avaient gelé jusqu'au Canada, mais depuis quelques jours, la débâcle étant accomplie, un air de printemps soufflait sur le Middle West.

Le vieux camion jaune, chargé de bois de construction, bringuebalait sur la route rectiligne reliant Bay City à Big Rapids. En arrivant aux alentours d'Oil City, le conducteur, ébloui par les rayons, baissa la visière de sa casquette rouge sur un front marqué d'une fine ride d'expression entre ses sourcils blonds. Il jeta un rapide coup d'œil dans le rétroviseur.

Deux motorhomes, lancés comme des rhinocéros sur le chemin du week-end, doublaient en même temps.

Le camionneur les laissa prudemment dépasser, puis il mit son clignotant pour entrer dans une grande station-service-resto-bar qui, sous un immense panneau Mac Donald et la peinture d'un gigantesque hamburger, promettait au voyageur fatigué un accueil des plus chaleureux.

– Comme d'habitude?

Un jeune pompiste au visage constellé de taches de rousseur s'approchait du camion.

– O.K.! Ras bord!

L'homme déplia ses longues jambes dans une confortable salopette de toile brique avant de sauter sur le macadam. C'était un gaillard grand et mince, aux épaules athlétiques de sportif. Il portait barbe et moustache dorées, lui donnant un côté « Beau-Mâle-Irlando-Ecossais-Russo-Germano-Polonais », base solide de nombreux Américains de vieille souche.

L'air restait frisquet. Il boutonna son gilet de duvet rembourré, puis il entreprit de vérifier avec soin les sangles qui retenaient un volumineux paquet accroché sur le toit de son véhicule.

– R'gardez-moi ça... Ça monte au Nord et ça descend au Sud vers Detroit, soupirait le jeune pompiste... Hein, j' vous d'mande un peu si on n'est pas un pays d' gaspilleurs... Cent quatre-vingts miles pour filer dès le vendredi après-midi... Savez qu'on va en manquer!...

– Manquer de quoi? répondit distraitement le camionneur.

Il avait fait deux pas pour prendre un coca-cola dans l'armoire frigo. Tandis qu'il ouvrait la boîte, son regard fut attiré vers la porte du resto-bar.

Une jeune femme, ou jeune fille, aux longs cheveux auburn sortait du snack-bar.

Elle était étonnamment vêtue pour cette région peu sophistiquée, d'un tailleur léger à jupe plissée, coupé dans un original tissu écossais violet, marron et rose. Un chemisier crème à gros nœud bouillonné autour du cou retombait sur les revers de sa veste. Un ensemble de grand couturier, à n'en pas douter! Bien que le camionneur ne fût pas un spécialiste de haute couture, il avait quand même vu à la TV ou lu assez de magazines féminins pour se rendre compte du prix élevé de ces vêtements, venant probablement de la Cinquième Avenue.

La jeune femme, immobile, portait un petit sac de

voyage Vuitton qu'elle balançait d'un mouvement machinal.

D'un geste du pouce, le camionneur releva la visière de sa casquette. Tout en buvant son coca, il continua de lorgner l'inconnue.

Elle restait plantée sur le pas de la porte. Celle-ci s'ouvrit presque aussitôt pour laisser passer le patron du resto-bar avec un imperméable de soie violine à la main.

– Vous avez oublié ça... Hem... (Il toussota.) Vraiment désolé, mais c'est impossible, je risque trop!

Avec un hochement de tête, le patron rendit l'imperméable à la jeune femme, puis il se défila aussitôt à l'intérieur du bâtiment.

L'inconnue, demeurée seule, regarda machinalement autour d'elle. Ses yeux se croisèrent avec ceux du camionneur. Elle ne dit rien, mais son visage jetait un appel silencieux. L'homme, gêné, comme surpris en flagrant délit d'indiscrétion, se détourna pour jeter sa boîte vide dans une grande poubelle de plastique vert. Il sortit des billets de sa poche :

– Ça fait combien?

– Trente gallons... Economisez-le bien, hein... quand les puits seront vides, on ira à patins. Bon, avec le coca, ça fait quarante et un dollars et vingt cents... Allez, merci et bonne route, chef!

La portière claqua sur le camionneur. Il mit sa clef de contact. Sans un regard vers la jeune femme, il démarra rapidement.

Le camion jaune arrivait à sa hauteur. Elle n'hésita plus et poussa un cri en courant vers la portière du conducteur :

– Hep!... hep!... Arrêtez, s'il vous plaît...

Il remarqua aussitôt qu'elle avait un petit accent étranger.

– Où allez-vous?

Elle était légèrement essoufflée ou inquiète. Elle levait la tête vers lui.

Il baissa la vitre de sa fenêtre. Tout en appuyant un coude sur la portière, il remarqua, Dieu sait pourquoi, qu'elle avait un grain de beauté sur la pommette gauche.

– De l'autre côté de l'Etat..., sur un chantier.

Il désignait d'un geste du menton son chargement de planches à l'arrière du camion.

Elle fronça des sourcils légèrement plus foncés que ses cheveux auburn pour interroger :

– Vers Chicago?

– Pas tout à fait!

Un irrésistible sourire éclaira le visage de l'inconnue.

– Vous ne pourriez pas faire un petit effort et m'y déposer?...

Ce côté « Je fais du charme et j'obtiens tout ce que je veux » l'agaça profondément. Il perdait du temps.

– Désolé, c'est trop loin!

Il fit un signe de tête civilisé et embraya pour démarrer. Ce geste déclencha chez elle une véritable panique. Elle s'accrocha littéralement à la portière du camion.

– Ça ne fait rien, ça ne fait rien... Laissez-moi sur votre route, où vous voulez..., où ça ne vous dérange pas... Je ne veux surtout pas vous déranger...

Elle insistait, les yeux levés vers lui.

Il remarqua à ce moment-là, Dieu sait pourquoi, qu'elle avait des yeux gris à reflets dorés. Il n'en avait jamais vu de cette couleur.

– Bon, O.K., montez.

Elle ne se le fit pas dire deux fois et courut, méfiante, par l'avant du camion. Il se pencha du côté opposé au sien pour lui ouvrir la portière. La marche était haute. Il tendit la main pour l'aider à grimper et il remarqua, Dieu sait pourquoi, au moment où elle s'accrochait à lui, que ses doigts étaient brûlants...

Tandis qu'elle s'installait, il redémarra.

Le pompiste avait raison. La circulation devenait plus dense. Pendant quelques instants, le camionneur oublia sa passagère pour reporter toute son attention sur la route. Un énorme semi-remorque de haricots « Crook and Crook Beans » de Detroit tenait le milieu de la chaussée. Elle ne devait pas aimer les haricots, car elle lança d'une petite voix nette :

– Vous ne pourriez pas nous débarrasser de ce type-là ?

Il avait horreur qu'on lui donne des ordres au volant, pourtant il obtempéra tout en bougonnant :

– Ces gros culs se croient tout permis !...

Tandis qu'il doublait le semi-remorque, elle ne répondit pas. Apparemment indifférente maintenant au trafic, elle avait entrepris d'ouvrir son sac. La tête penchée, elle fourrageait dedans. Elle sortit une brosse en métal et, avec un sans-gêne qui agaça le conducteur, elle s'empara du rétroviseur.

Elle lécha un doigt pour lisser, avec une attention soutenue, ses sourcils ! Puis elle démêla sa crinière auburn. Cette tâche accomplie, elle referma d'un geste sec la fermeture éclair de son sac Vuitton et elle se baissa à nouveau pour le glisser à ses pieds sur les dessins géométriques de la moquette peluche jaune et vert qui tapissait le fond du vieux camion.

Une grosse Dodge noire, avec trois hommes à son bord, croisait au même instant le camion.

– Autant retrouver une aiguille dans une botte de foin ! soupira l'un des passagers, garçon brun frisé, assis tout seul sur la banquette arrière.

Il jeta un regard vague sur le véhicule bringuebalant, conduit par ce Viking barbu et apparemment solitaire, qui s'éloignait en sens inverse.

– Vous êtes sûr qu'*elle* a pris un bus de Detroit pour Big Rapids ou Mount Pleasant, monsieur Crook? interrogea le conducteur en grattant son crâne, aussi chauve qu'un œuf.

– Sûr et certain, on nous l'a affirmé à la station centrale... Mais elle a pu descendre avant le terminus, à Midland ou Saginaw, ou changer pour se diriger vers Bay City... Que sais-je, moi? Il y aura cinq mille..., non, dix mille dollars pour votre agence de détectives si vous me la retrouvez, Rinaldo, promit l'homme au torse massif et au regard autoritaire, qui répondait au nom de Crook... Tenez, *la voilà*...

Dans un murmure vindicatif, David Crook sortit de son veston une photo en couleurs sur laquelle se penchèrent aussitôt ses deux compagnons.

C'était un portrait de l'inconnue du camion : une image de vacances, gaie, prise sur le pont d'un petit yacht blanc, ses longs cheveux flottant au vent. La tête légèrement appuyée contre l'épaule d'un homme dont on ne distinguait pas bien les traits à contre-jour. Elle riait, un caniche noir entre les bras.

– Si je la retrouve, elle me le paiera... et cher..., gronda Crook en guise de conclusion.

Loin de soupçonner transporter une fugitive, le camionneur continuait tranquillement son chemin. Après avoir dépassé la petite ville universitaire de Mount Pleasant, la route en direction de Big Rapids, puis Reed City, devenait moins encombrée.

– Cigarette?

Le camionneur élevait la voix pour couvrir le bruit du bric-à-brac s'entrechoquant à l'arrière. Il sortit de sa poche-poitrine un paquet de Marlboro qu'il tendit vers sa passagère.

Cette dernière n'était réellement pas bavarde. Elle se contenta de refuser par un signe de tête, nuancé toutefois d'un sourire.

Tandis qu'il allumait sa cigarette au brûleur électrique du tableau de bord, il ne put s'empêcher de lui jeter un coup d'œil, intrigué par ce bel oiseau, au plumage rare dans cet Etat rude des Grands Lacs.

Le regard de l'homme remonta sur les longues jambes gainées de nylon beige, les mains jointes sur des cuisses dont il devinait les formes sous la jupe à gros plis. Les doigts fins et nerveux qui bougeaient sans cesse. A la main droite, elle portait une bague en or incrustée de petites turquoises serties de brillants. Au poignet gauche, une montre extra-plate. Sur le revers de la veste, une broche de joaillier représentant un petit chien avec des yeux en rubis. Autour du joli cou mince, un fil de perles. Au-dessus, le visage était fin, intelligent, volontaire et secret : des narines frémissantes, des pommettes hautes, triangulaires, maquillées d'un soupçon de rose, les étranges yeux gris-or, que l'homme avait déjà remarqués, légèrement fendus en amande, les cheveux presque acajou par endroits... Elle était réellement très belle, mystérieuse. Elle ne devait pas avoir plus de vingt-six ou vingt-huit ans, et elle n'avait vraiment pas le genre auto-stoppeuse habituelle en blue-jean et sac à dos!

Soudain consciente du regard trop insistant du camionneur, la jeune femme mordit sa lèvre supérieure. Elle détourna la tête pour s'absorber dans la contemplation d'un de ces ravissants petits lacs intérieurs, verts comme des émeraudes, encerclés de bouleaux argent, qui parsèment par milliers l'Etat du Michigan.

L'homme jeta encore sur le délicat profil féminin un coup d'œil étrange, puis il interrogea d'un ton négligent :

– Savez-vous par hasard quel jour nous sommes?

Elle haussa les épaules :

– Vendredi, il me semble...

Tout en regardant devant lui la route droite qui traversait maintenant une forêt de pins odorants, il insista :

– Oui, mais le combien?

Elle fit une moue :

– Le 12 ou 13..., je crois...

Elle ne paraissait pas sûre de grand-chose dans la vie. Elle se retourna soudain vers lui pour lancer, d'un ton mi-amusé, mi-ironique :

– Pourquoi, vous êtes superstitieux?

Il répondit d'un rire un peu forcé :

– Surtout pas, il paraît que ça porte malheur!

Etait-ce ce dernier mot ou le paysage, superbe certes, mais dont les bois sombres avaient des reflets bleu marine, qui l'inquiétait? Elle ne put réprimer un long frisson. Comme frigorifiée dans son ensemble printanier, elle se recroquevilla vers le coin-fenêtre, le plus loin possible du conducteur.

Sans prononcer une parole, il alluma le chauffage et attrapa derrière son siège une grosse veste à carreaux fourrée d'une doublure synthétique qu'il lui tendit.

Sans un mot, elle la prit, enfila les bras dans les manches en gardant le dos de la veste pour couverture. D'un geste frileux, elle remonta ses jambes sous la doublure, se pelotonna dans son siège. Comme un jeune animal, elle ronronnait presque et... elle s'endormit brusquement.

Le camionneur la regarda d'un air dubitatif. Elle avait soudain l'air beaucoup plus jeune, presque d'une enfant. Drôle de fille! Elle avait les mains chaudes et les pieds froids!

D'un geste machinal, il gratta sa tête sous la

casquette, soudain agacé de ne pouvoir parler... Chacun sait qu'un conducteur ne prend d'auto-stoppeurs que pour alimenter une conversation, banale certes, mais qui permet de rester éveillé... La moindre des politesses eût été de se conformer à cet usage... Et celle-là dormait à poings fermés!

Le camionneur alluma sa radio. Un groupe disco psalmodiait en « franglais » le dernier air à la mode :

*No! no! no! on ne peut pas avoir le gâteau et en plus le manger! Si! si! si! on peut avoir le gâteau et en plus le manger...*

Il poussa un soupir et tourna le bouton.

Tout ce qui était pop, folk et « schmok », comme il disait, restait pour lui une énigme de civilisation.

Sur un autre poste, ce n'était guère mieux, un trompettiste excité sortait de son instrument des notes à faire miauler tous les chats du voisinage. Il passa sur Radio-Super-Cadillac, à l'heure du show d'histoires drôles :

– Salut, tout le monde, criait l'animateur Brady Clark. Savez-vous pourquoi il faut quatre Polonais pour changer une ampoule électrique?... Eh bien, il y a un Polonais qui tient l'ampoule et les trois autres Polaks qui font tourner... le premier..., ha, ha!...

Le camionneur mêla son rire à celui du public. Sa passagère se redressa, brusquement réveillée :

– Vous ne pourriez pas mettre un peu moins fort vos blagues polonaises?

Elle avait lancé ça comme une chose tout à fait naturelle. C'était la meilleure! Il allait lui clouer le bec à cette pimbêche!

– Si vous n'êtes pas contente, il ne fallait pas monter dans mon camion!

– Comment aurais-je pu savoir avant de monter que je n'allais pas être contente?

C'était répondu d'un ton aussi calme que logique.

Des éclats de rire sonores ponctuèrent sa phrase. Il coupa le son de la radio, puis il se tourna vers elle, comme intéressé par le cartésianisme du raisonnement :

– Vous n'êtes pas d'ici?

Elle souriait, presque charmeuse :

– Mon accent s'entend tant que ça?

– Oui..., non...

Il se rattrapait, craignant l'avoir vexée.

– Attendez, c'est intéressant... Non, ne me dites rien! Laissez-moi deviner... Canadienne?

Elle secoua ses cheveux acajou.

– Non... Alors d'Europe?

Elle hocha la tête.

– Oui! (Il sourit, satisfait de brûler...) Italienne? Non... Alors, Française? C'est ça?...

Elle hocha encore la tête. Un irrésistible sourire éclairait son visage et des flammèches dorées brillaient dans ses yeux gris.

– Française... J'aurais dû m'en douter!

– Qu'est-ce que ça veut dire : « J'aurais dû m'en douter »?

Elle était mi-rieuse, mi-sérieuse.

Il lui jeta un coup d'œil amusé. Pour le tailleur, il s'était trompé. L'ensemble ne venait pas de New York, mais, en droite ligne, de la rue du Faubourg-Saint-Honoré!

– Eh bien..., pour les chichis et tout..., forcément..., il n'y a qu'une Française!

Pour atténuer sa moquerie, il lui offrit à nouveau une cigarette. Elle accepta ce calumet de la paix, ce qui ne l'empêcha pas de balancer :

– Je me demande combien vous avez vu de Françaises dans ce trou perdu du Michigan à conduire votre camion.

Sans se démonter, il répondit dans la langue de Molière, avec un énorme accent :

– Ah! l'esprit du gay Paris... Eiffel Tower... Le Seine... Quartier latin... J'ADORE LA FRANCE...

Assez satisfait d'être arrivé au bout de sa phrase, il se tourna vers sa passagère. Elle le regardait d'un drôle d'air. Elle ouvrait la bouche pour lancer probablement un mot sarcastique. Comme étouffée, elle mordit sa lèvre supérieure, appuya une main sur ses lèvres et... éclata en sanglots convulsifs.

Complètement époustouflé, il arrêta son camion sur l'herbe du bas-côté.

– Je suis désolé, je ne voulais pas... Je ne pensais pas que parler de... pouvait à ce point-là...

Elle sanglotait de plus belle. Prudent, il ôta de ses doigts la cigarette qui menaçait de brûler sa somptueuse moquette jaune.

D'un ton soudain curieux, il ne put s'empêcher d'interroger :

– Vous avez tous le mal du pays comme ça, les Français?

– Ce n'est pas ça..., ce n'est pas ça...

Elle hoquetait littéralement. Gentil, il lui tendit son mouchoir.

– Ecoutez. Pour Chicago..., je peux faire un petit effort...

– Aaah!

Elle tamponnait ses yeux.

– Je décharge d'abord mon bois et je vous emmène à Muskegon. Vous y aurez un bateau qui vous fera traverser le lac...

– Aaah!

Les larmes s'étaient arrêtées de couler, mais elle reniflait encore lamentablement. Très organisé, il sortit une thermos et il versa du café dans un gobelet.

– Comment vous appelez-vous?

– Au... drey...

Il sourit, un rien condescendant :

– Ce n'est pas très français, ça... Allons, buvez,

cela vous fera du bien, conseilla-t-il d'un ton paternel.

– Comment...

Audrey s'interrompit pour souffler sur le gobelet. Elle but une gorgée et se força à ne pas faire une grimace. Décidément, ce jus que les Américains appelaient café paraissait plutôt être, à son palais de Française exilée, du foin « bouillu et rebouillu ». La gorgée stoïquement avalée, elle répéta :

– Comment voudriez-vous que je m'appelle?

– Je ne sais pas, moi... Françoise La Fayette...

Il prononçait Frainçoese Le Feyaitte... Audrey ne put réprimer un sourire. Très vite, avec un regard incisif, comme pour voir l'effet que son nom entier allait produire sur lui, elle ajouta :

– Audrey Fronsac...

Il eut du mal à répéter :

– Frainsek...

Elle insista :

– Fronsac!

Il répéta, docile :

– Fronsac... O.K. Cela va mieux, Audrey Fronsac?

Elle secoua ses longs cheveux. Il commençait à savoir quand cela voulait dire oui ou non. Là, c'était oui.

– *Good!*

Satisfait, il lui donna une tape amicale sur la cuisse et il redémarra.

Pendant cinq bonnes minutes, il n'entendit pas le son de sa voix. Très bon guide touristique et probablement pour changer ses idées noires, il lui désignait du doigt les grandes fermes rouges ou blanches, entourées de granges et de silos, aux formes cylindriques typiques de ce coin des Etats-Unis.

– On pourrait dire ici : « Labourages et Pâturages sont les deux mamelles du Michigan »...

Il rit... puis rectifia :

– Non, il y a aussi la troisième mamelle : Dame Automobile, qui fait vivre l'Etat... avec ses grandes usines de Detroit et de Flint... Vous connaissez?

Non, Audrey ne devait pas connaître, ou alors elle s'en fichait éperdument, car elle secoua encore ses cheveux... Elle attendit poliment que la démonstration de son voisin sur l'industrie automobile et ses difficultés face au prix du pétrole fût terminée, pour interroger d'un ton aimable :

– Et vous?

– Oui, moi?

Il tournait la tête à gauche pour éviter un mobil home, véritable maison roulante de cinq ou six pièces.

– C'est quoi?

– C'est quoi quoi?

Il la regardait sans comprendre.

– Votre nom?

– Ah! Beauregard!

– Quoi Beau-Regard?

– Non...

Il articula patiemment :

– Beau-re-gard... C'est mon prénom... Mon prénom est Beauregard...

– Oui, oui, j'ai compris, mais, dites donc, ce n'est pas très américain, ça...

Audrey n'était pas mécontente de lui renvoyer la balle.

– C'est un vieux nom du Sud, tout à fait américain! rectifia Beauregard d'un ton majestueux.

– Vous êtes sudiste?

Elle faisait une moue dédaigneuse.

– Pourquoi, vous n'aimez pas les Sudistes?

Elle étira ses jambes :

– Tous des esclavagistes...

Il avait horreur des phrases toutes faites et des clichés démodés. En temps normal, il aurait balancé une phrase virulente. Sans savoir exactement pourquoi, il était de bonne humeur. Tout en passant devant une cascade aux couleurs irisées, il se contenta de répondre :

– Vous avez toujours un siècle de retard, les Français... Je vous signale que les choses ont « un peu » changé depuis la guerre de Sécession, et je vous jure que je ne suis pas né à l'époque du général Grant.

Elle daigna sourire. Il insista :

– Si Beauregard ne vous plaît pas, comment voudriez-vous que je m'appelle?

Audrey le jaugea d'un coup d'œil perspicace, mâchant son chewing-gum. La casquette légèrement en arrière, chemise écossaise et salopette...

– Je ne sais pas, moi... Un camionneur sur une route du Middle West... Rocky Brown... Ça fait plus vrai!

Il sourit, franchement amusé :

– Vous en avez des idées préconçues, les Français...

Il laissa passer une remorque chargée d'un bateau puis ajouta :

– En fait, on m'appelle Bo... Bo Boldinger.

Il la regarda en coin, comme pour juger de l'effet que lui produisait son nom. Audrey n'eut aucune réaction. Elle se désintéressait déjà de la question.

« Drôle de fille! » pensa encore Bo. Il était de plus en plus intrigué. « Que vient-elle faire dans notre Etat, du tourisme? J'en doute... Visiter de la famille? Elle semble bien seule. Elle a l'air riche et fait de l'auto-stop... Peut-être est-elle romancière... ou journaliste... En tout cas, je ne crois pas qu'elle vende des machines-outils... Et que va-t-elle fabriquer à Chicago? Des photos sur Al Capone? Je sais que les Français sont friands de ce genre de choses... Une jolie fille photographiée au musée du Crime... Comme si nous n'avions rien d'autre aux

Etats-Unis... Oui, cela doit être cela... A Paris, ils trouvent ça *exotique!* »

Comme pour lui donner raison, Audrey avait sorti tout un attirail du sac Vuitton. Malgré les cahots de la route défoncée par la fonte des neiges, elle avait entrepris de se refaire un trait impeccable autour des yeux. Elle passait du rimmel sur ses cils, repoudrait son nez et ses pommettes encore brillantes de larmes.

– Vous seriez actrice ou cover-girl que cela ne m'étonnerait pas, lança Bo tout haut.

Il était assez satisfait de sa clairvoyance.

Audrey lui jeta un regard ambigu, puis, un sourire de sphinx sur ses lèvres roses, elle répondit :

– Nous sommes encore loin?

Ces quelques mots prononcés, elle détourna la tête.

Abritant son visage derrière le rideau de ses longs cheveux, elle regardait le paysage.

A l'horizon, les flots bleus du lac Michigan s'étendaient à perte de vue.

Bo désigna du doigt un panneau : *Ludington.*

– On arrive...

## LA CABANE DU BOUT DU MONDE

« Il ne manque que Blanche-Neige et les sept nains! »

C'est la réflexion immédiate qui vint frapper l'esprit d'Audrey.

Après avoir quitté la grand-route et emprunté à un croisement, pendant plusieurs miles, un chemin de sable, le camion venait de pénétrer dans une ravissante clairière, isolée de toute circulation, de tout bruit, entourée d'arbres séculaires. Un endroit protégé par la nature elle-même.

Une cabane en rondins semblait posée au centre de l'herbe tendre. La construction n'était pas terminée. Seules les trois petites pièces du rez-de-chaussée surélevé paraissaient pratiquement finies et la toiture de chaume était déjà installée, comme une couronne, sur l'étage inhabité.

Avec un bruit rafraîchissant, une rivière serpentine coulait au bas de cet endroit de rêve.

Audrey croyait débarquer dans une scierie ou que le camionneur allait livrer son bois sur quelque chantier d'usine, or, elle se retrouvait au paradis.

Du même coup, cette solitude l'inquiéta. Etait-elle folle de l'avoir suivi? Si l'homme était un sadique maniaque enterrant les femmes dans son jardin!... Elle pourrait toujours hurler et se débattre, personne ne viendrait à son secours!

Audrey, sur le qui-vive, jeta un coup d'œil vers son voisin, pour essayer de deviner si celui-ci l'entraînait dans un guet-apens.

Il avait déjà arrêté son camion devant la cabane. Sans paraître se douter des sinistres pensées de sa passagère, il sauta à terre et fit le tour de son camion.

Sur l'expectative, Audrey restait collée à son siège, attendant avec méfiance que Bo vienne lui ouvrir sa portière. Comme l'homme ne réapparaissait pas, elle se tordit le cou pour voir ce qu'il faisait : l'idée d'aider Audrey à descendre du véhicule ne paraissait pas l'avoir effleuré, il défaisait les sangles élastiques qui retenaient le gros paquet attaché sur le toit de son camion.

« On dirait un corps! » pensa Audrey, prête à hurler, s'enfuir ou s'enfermer dans le camion.

Avec des gestes presque maternels, le camionneur descendit le colis. Il sembla hésiter, chercher un endroit idéal. Du pied, il ôta deux cailloux dans la terre, puis il déposa son fardeau dans l'herbe, juste devant le camion.

Audrey mordit l'intérieur de sa joue. Elle ne voyait que la nuque penchée du camionneur. Sans se presser, il déballait le paquetage. Les papiers, ficelles et cartons ôtés, l'homme se redressa.

Audrey faillit éclater de rire. Il s'agissait d'un kayak monoplace tout neuf. Audrey s'aperçut à ce moment-là qu'il y avait, à côté de la cabane, un petit hangar à canoës.

Elle se moqua de sa peur. Bo recouvrait son kayak d'une toile cirée et il revint vers le camion.

« Un sportif n'est pas dangereux », décida Audrey.

Elle sourit, pensant que Bo venait cette fois-ci lui ouvrir la portière. Il se contenta de lui adresser un petit signe au passage et de lancer :

– Il fait très bon dehors...

D'un geste sec, Bo ouvrit toutes grandes les deux portes arrière de son camion et il commença aussitôt à décharger la cargaison de planches, rondins, bidons de peinture, sacs de ciment et boîtes de clous, qu'il transportait.

Comprenant qu'elle pouvait attendre longtemps un chevalier servant l'aidant à descendre, Audrey fit une petite mimique amusée. L'époque des baisemains était bel et bien terminée. Il valait mieux s'habituer tout de suite à la simplicité du Nouveau Monde!

Elle enfila complètement la grosse veste et se décida à ouvrir sa portière pour descendre sur l'herbe humide avec précaution. Les hauts talons de ses escarpins enfoncèrent aussitôt dans le terrain spongieux.

– Merde...

Après avoir trébuché, elle se tordait le pied droit dans une ornière.

Bo passait, chargé comme un mulet sous une

masse de rondins. Il réussit à faire un signe de tête pour désigner le porche de sa cabane.

– Z'avez des over shoes là!

Sans bien comprendre, Audrey regarda dans la direction indiquée. Elle monta trois marches pour trouver ce que Bo lui désignait : deux grands « pataugas » en caoutchouc qu'elle enfila aussitôt sur ses escarpins. Ses pieds bien au chaud, Audrey croisa ses bras frileusement. Elle descendit une marche, puis resta plantée là, emmitouflée dans la veste à carreaux trop grande, ne sachant visiblement pas quoi faire dans ce trou du bout du monde...

Bo repassait, croulant sous des bidons.

– Ça va?

– Hon-hon..., répondit Audrey sans se compromettre.

Puis, sans aucune conviction, mais polie et serviable, elle ajouta :

– Je peux vous donner un petit coup de main?...

– Non, laissez, ce n'est pas un travail de femme...

Avec une expiration de phoque, Bo laissa tomber tout son matériel aux pieds d'Audrey. Il se redressa et, englobant sa cabane d'un geste circulaire, il déclara :

– J'ai déjà construit tout ça moi-même!

Audrey comprit qu'il fallait admirer :

– Oh! Tout seul?

– Ouais, dit Bo fièrement. Mais, attention, avec du bois de construction tout préparé... Voyez, j'assemble... (Il montrait à Audrey un plan accroché sous le porche.) A1 va sur A2 qui s'emboîte dans A3... Où ça devient coton, c'est quand A10 repart sur B1, qui doit lui-même s'encaisser dans C10... Là... (Il eut un rire satisfait) je dois avouer que c'est très très délicat!

– C'est formidable! répondit Audrey qui n'était

pourtant pas tellement motivée par la construction des cabanons dans le nord du Michigan!

Très content de lui, Bo posa un pied sur la première marche du petit escalier, pour lancer en riant :

– Vous êtes très forts du côté machins de luxe en France... mais je suis sûr que vous n'avez pas souvent vu de trucs comme ça!

– Certainement pas...

Audrey avait eu envie de repartir par une moquerie, mais elle s'était brusquement ravisée. Depuis un court instant, l'*idée* germait dans sa tête : un homme simple, même fruste, un manuel pas compliqué... conduisant son camion, faisant des descentes de rivière en kayak et construisant sa baraque... Tout cela était parfait... Il devait boire de la bière et chanter le samedi soir *My darling Clementine...* Un brave gars du Middle West ne se posant pas de questions... Oui, c'était peut-être la solution à tout...

– Vous êtes marié? interrogea soudain Audrey, à brûle-pourpoint.

Elle y était peut-être allée un peu fort!

Probablement soufflé par cette indiscrétion, Bo se retourna comme pour voir si quelqu'un, pénétrant dans la clairière, avait pu motiver cette question, puis il répondit rapidement, tout en ramassant ses bidons pour les mettre à l'abri sous le porche :

– Je l'étais...

– Je vois ce que c'est... Cruauté mentale, psychanalyse et tout le tremblement...

Audrey voulait simplement plaisanter, sans réelle méchanceté.

Il n'eut pas l'air de comprendre :

– Pourquoi dites-vous cela?

Agenouillé sur les lattes de bois, il notait les couleurs de ses peintures.

Audrey insista :

– Parce que c'est votre grand truc en Amérique pour divorcer..., la cruauté mentale...

Bo se redressa lentement :

– Je suis veuf!

Il essuyait ses mains sur sa salopette.

– Veuf! répéta Audrey en souriant.

– Cela n'a rien de drôle!

C'était lancé assez sèchement. Audrey voulut rattraper sa gaffe :

– Non, non..., excusez-moi, c'est... c'est machinal!

Soudain très intéressé, Bo regarda Audrey avec les yeux du Dr Jekyll devenant Mr Hyde :

– Qu'est-ce qui est machinal?

« Il va m'étrangler! » pensa Audrey, tandis que Bo se rapprochait d'elle.

– Allons, dites-moi, qu'est-ce qui est machinal? répéta-t-il d'un ton impérieux.

Audrey, gênée, enfourna sa main droite dans la manche gauche et vice versa, puis elle émit un petit rire :

– C'est idiot, c'est le mot... Veuf... Veuf... Ça fait rire.

– *Vous*... ça *vous* fait rire...

Il était penché sur elle et la dévisageait comme une énigme. Elle soutint son regard sans ciller.

Le cri d'une mouette volant au-dessus de la clairière mit fin au silence pesant.

– Et... vous... vous avez des enfants? reprit Audrey.

– Heureusement que non!

Il pensait visiblement à autre chose.

– Ah! pourquoi?

Cette fois-ci, Bo se détourna, agacé par cet interrogatoire policier.

– S'il y a bien une chose que je déteste, ce sont les gosses braillards.

– Oh! parce que, soit dit sans vous offenser, les

enfants américains sans complexes sont horriblement mal élevés. En France, il y en a qui...

Bo lui coupa la parole :

– Bon, alors, on y va?

Il descendait les trois marches du porche.

– Où ça? fit Audrey en s'asseyant à l'abri du porche sur la dernière marche.

– A Muskegon... Ce n'est pas là que vous vouliez aller?

Bo fermait les portes arrière de son camion.

– Hoon...

Audrey ne bougeait pas de sa place. Bo regarda sa montre :

– J'ai horreur de conduire entre chien et loup...

C'était dit poliment mais sans détour. Audrey se redressa lentement.

– Vous passez le week-end ici?

Bo ouvrait la porte de son camion.

– Hon..., hon...

Sans quitter les grands pataugas de caoutchouc, Audrey descendit l'escalier pour venir vers Bo. Il était déjà assis à sa place de conducteur.

– Vous passez le week-end ici, tout seul? insista Audrey.

– Comme un grand garçon!

Bo mettait le contact.

Audrey se mordit la lèvre supérieure :

– Ecoutez..., j'ai une idée... Qu'est-ce que vous diriez de...

*– Hauprês de ma blonde... qu'il faît baôn... faît baôn... faît baôn... Hauprês de ma blonde, qu'il faît baôn daûrmir...*

Après avoir accompli cette prouesse de chanter en français, Bo repoussa son assiette vide et alluma sa pipe.

Une lampe à pétrole éclairait mieux le visage d'Audrey, juste en face de lui, que le décor rustique et les quelques meubles de bois blanc de la cabane. Les étranges yeux gris, ce soir, semblaient plus foncés, mais leurs petites lumières dorées brillaient à la flamme rose et tremblotante.

Drôle de fille, pleine d'imprévu : en réponse à la chanson, elle sifflait maintenant, et juste, l'air de l'U.S. Navy!

Bo avait accueilli avec une certaine méfiance sa proposition de passer le week-end dans sa cabane. Ce côté « Froggie » ravageuse, mangeuse de grenouilles, en quête d'aventures l'avait un peu agacé, pourtant, alors qu'il allait dire non, il avait dit oui!...

Depuis plus d'un an, Bo Boldinger vivait presque comme un moine... Il y avait bien sûr les « vieilles copines », Nelly dans la ville de Lansing et Maggie dans celle de Kalamazoo... Bo allait les voir avec une relative régularité.

Parfois, il pensait presque à se remarier avec Maggie. Il savait que c'était exactement le genre de femme qu'il lui fallait : calme, pondérée, sans histoire, bonne maîtresse de maison, bonne cuisinière, libre de toute attache, gentille et dévouée. C'était la sécurité!

Bo connaissait Maggie, comme Nelly du reste, depuis des années et des années. Elles avaient même été les amies de Doris. Elles ne pouvaient rien cacher à Bo. C'était rassurant!

Un seul point pour Nelly : elle était plus... intéressante au lit que Maggie. Mais ce genre de choses ne préoccupait plus Bo. Il avait même l'impression que la trop longue maladie et la mort de Doris l'avaient totalement émasculé.

Pour la seconde fois, la même question lui vint à l'esprit : pourquoi avait-il rencontré cette fille justement aujourd'hui à 4 heures de l'après-midi?

La voix moqueuse d'Audrey fit émerger Bo de ses pensées :

– Et c'est toujours à ce moment-là que, juste à la fin du film, on entendait les forteresses volantes et John Wayne levait la tête en criant : « Voilà nos braves petits gars... Sauvés, les enfants! »

Bo mêla son rire à celui d'Audrey. Elle avait une façon personnelle, très sarcastique, de mettre en boîte tout ce qui était américain.

Bo aurait dû se montrer exaspéré. A l'inverse de ses concitoyens, sans doute un peu masochistes, qui adoraient la critique sur l'Amérique, Bo, beaucoup plus « rétro », appréciait les étrangers qui admiraient son pays sans restriction. L'indulgence en cette matière n'était pas son fort. Pourtant, il surenchérit :

– Et tous les vilains Japs s'enfuyaient dans la jungle en poussant des cris affreux devant le grand homme blanc...

Il fit le geste des doigts courant parmi les miettes de pain.

Un nouvel éclat de rire les unit, puis ils se turent.

Dans le silence qui suivit, l'« ange » mettant trop de temps à passer, Bo partagea équitablement le fond de la cuvée Masson (un excellent cru de Californie recommandant de se méfier des imitations françaises!) entre leurs deux verres.

Bo se savait légèrement éméché; juste un peu pompette... Il se renversa en arrière contre son dossier. Tout en buvant, il dévisagea Audrey. Elle le regardait aussi de son coup d'œil incisif. Bo n'aimait pas les femmes maniérées. Avec celle-là, les choses paraissaient finalement simples et directes... Un léger sourire éclaira le visage de Bo. Il passa la main dans sa barbe dorée, soudain d'excellente humeur. L'aventure ne manquait pas de piquant...

Une Française perdue dans le Michigan, cela le rajeunissait en lui rappelant soudain un épisode de ses vingt ans, quand il avait culbuté une grande

Suédoise dans un fjord norvégien. Elle avait des jambes qui n'en finissaient pas et la nuit sous la tente avait été plutôt mouvementée... Au matin, la Suédoise, comme si de rien n'était, avait filé sac au dos avec un petit Finlandais... L'idéal, quoi! au revoir et merci..., on ne s'attache pas... L'amour avec une Française devait être plus sophistiqué qu'avec une Scandinave ou une Américaine... C'était une expérience aussi instructive qu'intéressante...

Arrivé à ce stade de ses réflexions, Bo se redressa lentement pour taper sa pipe sur le coin de son assiette. A ce geste, Audrey détourna les yeux. D'un mouvement aussi vif que gracieux, elle se leva; le pull-over qu'elle avait posé sur ses épaules glissa, découvrant son buste bien moulé dans le chemisier de soie crème.

Sans paraître remarquer le regard insistant de son vis-à-vis, Audrey commença de desservir les plats.

« C'est le moment de passer à l'attaque, pensait-elle. Allez, une..., deux..., trois, j'y vais... Je lui demande... et on verra bien... C'est ma seule chance... »

Elle revint vers la table. Bo s'étirait :

– Audrey Fronsac, vous devriez ouvrir un restaurant, c'était le meilleur steak au poivre et les plus fameuses french potatoes que j'aie jamais mangés de toute mon existence...

A ce compliment on ne peut plus aimable, Audrey répondit sur le même ton, tout en essuyant la table avec une serviette de papier :

– Oh! demain, je vous ferai ma grande spécialité française...

Audrey accompagnait cette promesse d'un sourire charmeur. Bo, impassible, tirait une bouffée de la pipe qu'il avait rallumée.

– Des escargots à l'ail et un vrai civet de lapin à la crème et au vin rouge...

Sur ces mots, Audrey se détourna pour emporter

le reste des couverts et assiettes vers la desserte de la cuisine intégrée à la salle de séjour.

Bo fit une gentille grimace :

– Ah! non..., pas d'escargots, ni de grenouilles...

Tout en parlant, Bo s'était levé. Il s'approcha d'Audrey au moment où celle-ci mettait les assiettes dans l'évier rudimentaire.

– Mais, à part ça..., tout ce que tu veux...

Sa voix était basse, plus troublée qu'il ne voulait le laisser paraître.

D'un geste ferme, autoritaire et très naturel, Bo enlaça Audrey. Il sentit son dos se raidir, puis s'immobiliser, attentif. Un parfum délicat, que Bo aurait juré être le 5 de Chanel, frappa son odorat. Ses lèvres soulevèrent la masse de cheveux auburn, caressèrent le joli cou délicat juste derrière le lobe de l'oreille. Bo crut entendre un léger soupir. En homme d'expérience, sans se presser, pour faire durer ce plaisir inestimable de l'attente, Bo fit remonter ses mains d'abord sur la taille d'Audrey. Sous la soie légère, il la sentit frissonner. Elle laissait aller sa tête en arrière sur l'épaule masculine. Il la devinait troublée, chaude, humide.

Un désir lointain, comme il n'en avait pas ressenti depuis très longtemps, déferla, telle une lame de fond, dans son ventre et ses reins.

Peut-être parce qu'il ne savait rien de cette créature en avait-il encore plus envie!

« La connaissance ôte le plaisir » était une de ses grandes théories.

Sa bouche se fit plus dure, insistante. Du bout de sa langue, il remontait vers la joue satinée et les lèvres pulpeuses. Au hasard, ses dents mordillaient la peau tendre.

Au mouvement imperceptible des hanches féminines, Bo comprit qu'elles avaient perçu son désir brusque, animal, et qu'elles y répondaient.

Les mains de Bo, soudain impatientes, remontaient sur les seins d'Audrey. A travers le tissu léger et le mince soutien-gorge, il sentait leurs pointes durcir dans ses paumes. Elle avait des seins doux et ronds, assez larges mais hauts. Une poitrine de vraie femme, telle que Bo les aimait, pas deux petits crevards maigrichons qui font pitié, mais des seins un peu lourds, plantureux sous ses doigts masculins.

Avec une sorte de grondement, Bo retourna Audrey pour s'emparer de ses lèvres.

La plus gigantesque claque qu'il ait jamais reçue de son existence s'abattit sur sa joue droite.

Bo resta un court instant, suffoqué. Audrey le défiait, vindicative. Elle allait recommencer. Bo, furieux, lui immobilisa les poignets. Il se pencha sur elle; ses yeux bleus jetaient des lueurs d'acier n'augurant rien de bon.

– Il faudrait savoir ce que vous voulez! lança Bo d'une voix sifflante.

D'un air méprisant, Audrey repartit :

– Simplement ne pas tomber sur un satyre lubrique!

C'était trop fort. Bo prit ça au foie. Il la lâcha.

– S'il y a bien une chose écœurante, ce sont vos simagrées de Française allumeuse et maniérée!

Sans se démonter, elle répondit du tac au tac :

– Et moi, s'il y a bien un truc que je ne peux pas supporter, c'est votre grande simplicité de bon gars américain cachant ses obsessions sexuelles!

Bo voulut rétorquer une phrase dont la virulence l'aurait laissée à terre, cette Froggie aguicheuse, mais il étouffait de rage sous l'injustice de la situation. Il avait besoin d'air. Avec dignité, Bo sortit de la cabane en claquant la porte.

Restée seule, Audrey mordit sa lèvre supérieure. Un léger tremblement l'agitait. Elle appuya ses reins sur l'évier et resta immobile, cherchant à retrouver son calme. Etait-elle folle? Elle avait bien failli se laisser aller avec cet inconnu. L'homme ne manquait pas de charme, mais était-ce une raison?

Sa peau criait-elle famine au point d'en être réduite à s'envoyer en l'air avec le premier venu? Elle n'était pas là pour ça, mais pour trouver une échappatoire. Bien sûr, la solution toute simple, idéale, rêvée, était lui... Les choses commençaient plutôt mal!

Pour se calmer, Audrey fit couler l'eau sur les assiettes. Elle sursauta. La porte de la cabane se rouvrait à grand fracas sur le maître de maison. Sans un regard pour Audrey et avec un visage glacé, Bo allait et venait dans la cabane. Audrey le surveillait du coin de l'œil sans comprendre ce qu'il fabriquait. Bo saisit quelques objets, tels qu'une bouteille d'eau et une lampe électrique. Audrey le vit fourrager dans la petite chambre attenante. Il fit tout dégringoler d'un placard et revint chargé d'un oreiller, d'une couverture et d'un gros duvet aux artistiques fleurs mauves et vertes.

Comme Bo repassait devant elle, Audrey, grande dame, détourna ostensiblement la tête.

« Au fond, je l'avais mal jugé, il a compris et m'abandonne les lieux! » pensa-t-elle, assez satisfaite.

Avec le visage du Golem, Bo saisit Audrey par l'avant-bras. Il la tira sans ménagement vers la porte. Audrey résistait. Elle s'accrochait à tout ce qu'elle trouvait au passage.

– Espèce de brute... Mais lâchez-moi, vous me faites mal...

Sous le porche de la cabane, Audrey s'agrippait à la balustrade. D'un coup sec, Bo la fit lâcher. Elle se prit les pieds dans les couvertures. Bo ne la releva que pour lui faire dévaler les marches en direction du camion.

– Vous n'avez pas le droit, vous n'avez pas le droit, hurlait Audrey, comprenant brusquement ses intentions.

Sans écouter ses cris, Bo la hissa de force par l'arrière du véhicule. Audrey donnait des coups de tête pour essayer de ressortir.

– La loi, ici, c'est moi qui la fais! gronda Bo en repoussant cette furie.

Elle se débattait tellement qu'il la saisit à la gorge.

– Salaud! Bouseux! Salopard! gargouillait Audrey.

Il la lâcha. Un coup de genou bien appliqué le fit se courber en deux. Il se redressa, mauvais :

– Tu l'auras voulu!

Une paire de claques gigantesques s'abattit sur les joues d'Audrey. Un faible cri sortit de ses lèvres. Comme elle s'effondrait dans le fond du camion, sa tête heurta une caisse.

Audrey, immobile, ne donnait plus signe de vie.

– Audrey, chuchota Bo... Audrey..., écoutez...

Elle devait être évanouie. Réellement embêté du résultat de leur bagarre, Bo se mit à quatre pattes. D'un geste assez doux, il souleva la tête d'Audrey.

– Attendez, ce n'est pas grave... Je... Je vais vous...

Tout en essayant de se rassurer lui-même par des paroles encourageantes, Bo passait ses bras sous les épaules et la taille de la jeune femme pour la soulever. Ce geste réveilla « miraculeusement » Audrey.

– Sale cochon, plutôt crever!

Ses dents pointues s'enfoncèrent avec délices dans le poignet de Bo.

– Haaou... Sale bête...

Tout en poussant ce cri de douleur, Bo suçait sa peau endolorie. Audrey profita de ce répit pour le repousser. Elle sauta du camion et elle s'enfuit dans la nuit...

Audrey, haletante, court..., court... Ses hauts talons gênent sa fuite. Elle trébuche dans les ornières, perd une chaussure... Elle continue en boitant... Elle ne se retourne pas... Son cœur bat d'affolement... Elle a vraiment peur... L'homme déchaîné là-bas la poursuit...

Audrey prend son élan, elle veut sauter par-dessus une forme sombre posée au milieu de la clairière. Elle retombe en plein milieu. Un craquement sinistre résonne, accompagné aussitôt d'un hurlement de désespoir :

– Sauvage!... Mon kayak!... Arrêtez..., mais arrêtez...

Les hiboux du voisinage, gênés par les clameurs de Bo, hululent dans la nuit et s'envolent à tire-d'aile.

Audrey a perdu sa deuxième chaussure dans la toile du kayak. Sans se laisser intimider, sans se retourner, car elle ne sait que trop ce qui l'attend avec ce fou furieux s'il la rattrape, Audrey court plus vite sous le clair de lune verdâtre. Elle se dirige vers la rivière.

– Arrêtez... Je vous ordonne d'arrêter! vocifère encore le forcené derrière elle.

Elle pousse un cri et disparaît dans un trou noir entouré de tuyaux.

La tête d'Audrey dodelinait sur le dos de Bo.

– Je vous avais prévenue, susurra Bo d'un ton exquis. A-t-on idée?... Aller vous jeter dans le bassin de mes têtards! Vous les avez réveillées, ces pauvres petites bêtes!...

– Salaud... Salopard... Crétin... Hou...

Dégoulinante d'eau boueuse, battue à plate couture, ridicule, portée comme un sac de son sur l'épaule de cet indigène, Audrey trouvait encore la force de protester et de s'agiter.

– Si vous changiez un peu de vocabulaire! Allons, soyez belle joueuse...

Bo la déposait, légèrement pantelante, dans le camion.

Pour toute réponse, Audrey essaya encore de planter ses dents dans sa main. Prestement, il ôta ses doigts à temps.

– Cul-terreux!

Sans se laisser intimider par cette insulte, Bo repoussa Audrey, assez fort pour qu'elle tombe sur le duvet, mais assez doucement pour qu'elle ne se fasse pas à nouveau mal.

– Ici, ma chère, votre vertu française sera en sécurité!

– Ah!

En se redressant trop brusquement, Audrey venait de se cogner la tête au plafond du camion, ce qui ne l'empêcha pas de continuer :

– Parce que les filles du Michigan se laissent culbuter par n'importe quel camionneur?

– Parfaitement, répondit Bo d'un ton majestueux..., si c'est elles qui ont proposé de passer le week-end avec le gars!

Audrey revenait, « chargeant » comme un taureau furieux.

– Bonne nuit!

Bo, prudent, lui claqua vivement les deux portes du camion au nez avant de les fermer à clef.

– Ouvrez-moi...

A l'intérieur, Audrey donnait des coups de pied.

– Je vous ordonne de m'ouvrir... Je suis trempée... Je vais geler là-dedans...

– Pas du tout, essuyez-vous à la couverture et glissez-vous dans le duvet. C'est beaucoup plus confortable que le lit d'un satyre lubrique!

Sur ces mots, Bo, tout guilleret, remonta l'escalier du porche.

Une voix de petite fille terrorisée l'atteignit comme il rentrait dans sa cabane.

– Je vous en prie, j'ai très peur là-dedans... toute seule... Il fait noir, je vous en supplie..., je vous en prie, ouvrez-moi...

Elle pleurait à petits coups, cette Froggie comédienne. Sans se laisser attendrir et très satisfait de son autorité, Bo referma la porte de sa cabane.

Dans le coin-cuisine, il se versa d'abord à boire une grande rasade de lait. La lampe à pétrole dans une main et le verre dans l'autre, il passa dans sa chambre récupérée sur l'ennemi. Il déposa le verre sur une caisse, attrapa un pyjama rouge dans un placard et le jeta sur son oreiller.

Pour se débarrasser de l'adrénaline que cette folle avait dû déclencher dans ses artères, Bo posa sa tête entre ses deux mains sur le plancher. Super-entraîné à cette position revitalisante du « poirier », il resta bien quatre-vingt-dix secondes les pieds en l'air et le cerveau en bas.

Il attendit que ses tempes bourdonnent pour se redresser. Il s'assit sur le bord du lit, ôta ses bottes, déplia le *Mount Pleasant Journal* qu'il avait emporté et, bien adossé à son oreiller, il parcourut quelques gros titres... Cela allait mal dans le monde entier... *Chômage... Révoltes... Pollution...*

Dégoûté, Bo tourna rapidement les pages. Un petit article en douzième page, troisième colonne, attira son regard :

*Le scandale des actions immobilières à Super-Nice sur la Côte d'Azur, en France, rebondit après un an d'interrogatoires... De nouvelles interpellations seraient imminentes dans les milieux d'affaires...*

Bo renversa la tête en arrière. Il ferma les yeux... La France, quel beau pays tout de même..., si loin du Michigan... La Provence fleurie, avec ses petites auberges fleurant bon l'ail, le serpolet et le mimosa...

Bo devenait lyrique, c'était dangereux!

Pour remettre ses idées en place, et ne pas se laisser entamer par des remords déplacés, Bo passa la main droite sur son front. Une petite musique intérieure parcourut son cerveau. Il se laissa porter par la méditation transcendantale. En général. son « mantra » personnel le calmait dans les trente secondes.

Trois minutes plus tard, Bo se leva, exaspéré et... encore plus énervé. ÇA NE MARCHAIT PAS!

La porte du camion s'ouvrit avec fracas...

Audrey, recroquevillée sur le duvet, se redressa, épouvantée. Elle crut que la séance allait recommencer.

La main de Bo s'abattit comme une poigne de fer sur son épaule.

– Non..., je vous en prie, pas comme ça..., gémit Audrey, persuadée que l'homme, fou furieux, revenait la violer.

– Allez, ouste..., ça suffit comme ça! Au lit!

Dans un grondement, Bo tira Audrey hors du camion.

Le jour était levé depuis longtemps, lorsque Bo ouvrit péniblement les yeux. Il n'avait guère dormi plus de trois heures... et encore d'une façon très épisodique...

Bo s'étira avec un soupir aussi épuisé que courbatu.

Il repoussa les artistiques fleurs mauves et vertes du duvet et descendit de son camion juste au moment où la tête d'Audrey, aussi fraîche que reposée, apparaissait à la fenêtre de la cabane.

– Monsieur Boldinger... Le breakfast est prêt!...

Sur ces mots, elle disparut aussitôt à l'intérieur.

– Pas faim!

Bo avait sa dignité.

Plus vite il serait débarrassé de cette souris française, qui ne lui avait attiré que des ennuis..., qui l'avait mis dans une situation ridicule et qui lui avait fait passer une nuit de cauchemar, mieux ce serait!

Décidé à ne pas remettre les pieds dans sa cabane tant qu'elle y serait, Bo, qui portait toujours la salopette brique et sa chemise fripée de la veille, alla se passer de l'eau de pluie sur le visage.

Tout en se lavant dans une bassine près du porche, il jeta un regard sur le côté et... aperçut son kayak! Le visage ruisselant, il constatait les dégâts... Si ce n'était pas malheureux, un canoë tout neuf entièrement défoncé à l'avant...

– Barbarie!

Bo s'agenouilla pour essayer de réparer la casse.

Juste à cet instant, un grésillement prometteur vint frapper son ouïe tandis qu'un fumet délicieux caressait son odorat.

Bo redressa la tête en essayant de résister stoïquement à l'appel impérieux de son estomac.

Audrey avait aussi bien pris possession des lieux que Gengis Khan l'avait fait de son empire. Ses affaires traînaient un peu partout dans la cabane. Elle avait merveilleusement dormi sur le lit que le maître de maison lui avait si « aimablement » cédé.

Attablée maintenant dans le pyjama rouge que Bo avait omis de récupérer, Audrey mangeait de fort bon appétit un petit déjeuner aussi succulent que reconstituant.

La porte de la cabane s'ouvrit sur Bo. Très affairé, il rentra droit vers le coin « outils », pour prendre un marteau et un pot de colle.

– On part dans un quart d'heure!

Sans un regard pour l'occupante, il ressortit aussi vite.
Cette froideur ne coupa pas l'appétit d'Audrey, qui continua de manger tranquillement.
S'il voulait faire la tête, elle n'allait pas se mettre à genoux pour le supplier... Elle aurait pourtant eu bien besoin de son aide...
Tout en beurrant une tartine et se reversant du café, Audrey décida de laisser passer les nuages. Bien lui en prit. La porte s'ouvrit de nouveau. Toujours aussi affairé et toujours sans un regard, Bo repassa armé cette fois-ci d'une pince... Après avoir fourragé dans la caisse-miracle, il revint avec un gros rouleau de toile adhésive et un tournevis.
– Dépêchez-vous, on part tout de suite, grogna Bo du même ton aimable.
Audrey l'arrêta au vol :
– Voulez-vous un café?
Tout miel, elle lui tendait une tasse fumante et odorante.
– Bien pour vous faire plaisir...
De mauvaise grâce, Bo trempa ses lèvres dans le liquide chaud. Il se sentit aussitôt beaucoup mieux.
– Une petite tartine? proposa Audrey, tentatrice.
Bo s'abstint de répondre, mais il accepta tout de même la tartine grillée et beurrée qu'il trempa, à la française, dans son café.
La grande offensive était déclenchée!
Audrey se leva, soudain « aux petits soins ».
– Attendez, j'ai aussi un french toast et une omelette...
Pas dupe, Bo la regardait s'affairer devant le réchaud à gaz.
– Je rajoute, exprès pour vous, des oignons grillés, deux tomates, trois saucisses... Voilà...
Audrey, souriante, se retournait avec la poêle.
Le moyen de résister!

Conscient de sa lâcheté, Bo s'effondra, assis, en face d'Audrey.

Pour essayer de conserver la face, il commença de manger du bout des lèvres, mais cette folle faisait des omelettes diaboliques. Bo s'aperçut qu'il avalait presque gaiement, tout en parlant fort civilement avec la Française du temps admirable qu'il faisait aujourd'hui, samedi matin, sur le Michigan!

– Bon... Eh bien... (Bo, rassasié, eut un regard pour son assiette bien saucée.) Merci quand même...

Des petites flammes dorées brillaient dans les étranges yeux gris.

Bo repoussa sa chaise.

– Je me lave rapidement et on y va... Vous permettez?

Bo s'excusait de pénétrer dans sa propre chambre. Il souleva délicatement les vêtements féminins éparpillés un peu partout. Sa bonne éducation luthérienne étant plus forte que l'évolution des temps, il fit celui qui ne voyait pas, sur la commode de bois blanc, la petite culotte de dentelle noire, le soutien-gorge de même couleur et les collants beiges.

Il ouvrit sans broncher un tiroir dont il sortit une chemise écossaise propre et un blue-jean. Dans le placard, Bo saisit un gros blouson molletonné et il voulut ressortir vers la salle de bains.

L'épaule appuyée contre l'embrasure de la porte, Audrey lui barrait carrément le chemin.

– Pardon!

Bo, très cérémonieux, s'écrasait sur le côté pour ne surtout pas la toucher. Jolie, attendrissante, beaucoup plus petite que l'homme, sans ses talons, Audrey levait la tête vers lui.

D'un mouvement rapide, elle posa sa main sur le bras de Bo et, tout en mordant sa lèvre supérieure, murmura :

– Ecoutez, j'ai une idée...

Les yeux de Bo se rétrécirent. Il avait appris à se méfier de ses « idées ».

– Qu'est-ce que vous diriez de gagner facilement cinq mille dollars? reprit Audrey avec un sourire angélique.

## LE CANICHE BLANC
### OU DANS LA LANGUE INDIGÈNE
## LE FRENCH POODLE

Les voiliers aux ailes multicolores glissaient sur les eaux turquoise du grand lac Michigan.

Dans un ciel d'un bleu immaculé, un gros cumulus neigeux semblait peint, au-dessus de cette magnifique mer intérieure, par la main d'un artiste de génie.

Les yeux d'Audrey quittèrent ce paysage en technicolor, pour regarder une pancarte : *Muskegon, 15 miles.*

On approchait trop vite. Elle n'était pas là pour faire du tourisme.

Audrey épia son voisin. Il conduisait, imperturbable et calme. L'homme était plus coriace qu'elle ne l'avait tout d'abord cru. Sa proposition de cinq mille dollars ne semblait pas l'avoir ému outre mesure. Mieux, sans demander aucune explication, il s'était enfermé dans la salle de bains. Il en était ressorti sentant bon la lavande et il avait engagé Audrey d'une voix brève à se préparer rapidement : ce qu'elle avait fait, remettant son tailleur de la veille.

On roulait depuis une heure. Mis à part quelques petites banalités, un silence pesant régnait dans la cabine et Audrey avait quelque mal à dissimuler sa nervosité.

Elle se décida brusquement :
– Vous ne m'avez toujours pas répondu.
– A quoi?
Bo jouait à la perfection les amnésiques. Audrey avait décidé d'être d'une patience à toute épreuve.
– A... ma proposition...
– Ah! oui... (Il paraissait avoir complètement oublié...) Les cinq mille dollars...
– Vous pourriez vous offrir un autre camion, susurra Audrey, insidieuse et charmante.
– Hon-hon...
Il ne se compromettait pas.
– Agrandir votre maison.
– Hon-hon...
– Racheter du terrain.
– Hon-hon...
Elle continua, de plus en plus tentatrice :
– C'est une somme qui n'est quand même pas négligeable...
– Pour sûr! admit Bo.
Audrey s'énervait un peu.
– Alors?
– Alors quoi?
Audrey avait envie de le piler.
– Vous voulez ou vous ne voulez pas?
– J'ai faim! déclara Bo en guise de réponse.
Après avoir freiné brusquement, il arrêta son camion dans le parking d'un grand restaurant, juste sous la pancarte alléchante du Colonel Sanders promettant au voyageur fatigué un merveilleux « Kentucky Fried Chicken »...
– Avec tout ce que vous venez d'avaler! ne put s'empêcher de lancer Audrey, aigre-douce.
Les longues jambes de Bo se dépliaient du camion. Il arrêta son mouvement pour pencher son buste vers Audrey :
– C'est un reproche?
Sous le regard moqueur, Audrey ne broncha pas.

Elle s'apprêtait aussi à descendre. Elle s'immobilisa pour lancer avec le sourire :

– C'est une simple constatation : le primate du Nouveau Monde ne peut faire vingt miles dans la plaine sans se sustenter toutes les soixante minutes...

Du tac au tac, il répondit, exquis :

– Le mammifère de la vieille Europe reste bien trois heures à table, servi par sa femelle soumise... Cela fait une moyenne, n'est-ce pas...?

Sur cette flèche de Parthe, il sauta à bas du camion.

C'était mal connaître la raisonneuse que de croire avoir si facilement gagné la partie.

– Trop manger est le signe d'un phénomène obsessionnel.

Pas battue, et toujours exquise, elle continuait de l'autre côté du camion.

Bo refermait sa porte à clef.

– Trop parler est celui d'une névrose proche de la phobie...

Se rendant soudain compte que leurs paroles ne ressemblaient pas tellement à l'image stéréotypée qu'ils avaient l'un de l'autre, du camionneur et de la cover-girl, Bo et Audrey échangèrent un regard circonspect par-dessus le capot.

« Suis-je idiote de l'énerver alors que j'ai tellement besoin de lui! » pensa Audrey.

« Suis-je stupide de m'attarder avec cette fille, au lieu de m'en débarrasser au plus vite! » pensait Bo.

Ils s'assirent sur deux tabourets d'un snack-bar dont ils étaient les seuls clients.

Une grosse fille myope, à lunettes d'écaille, qui s'ennuyait visiblement dans sa solitude, leur tendit la carte.

Bo commanda sans même lire le menu :

– Pour moi, ce sera deux pancakes, un à la

saucisse frite, l'autre au sirop d'érable, avec beaucoup de crème battue, et un chocolat chaud!

Audrey ne put réprimer un froncement de nez dégoûté.

– Pour moi, un thé-citron.

– Vous êtes bien english pour une Froggie!

– Vous, il n'y a pas à se poser de questions sur ce que vous êtes! Un vrai Yankee nourri au milk shake!

C'était comme la rougeole!

Ils se regardèrent, agressifs, prêts à continuer de se balancer des piques empoisonnées. Soudain, Bo éclata de rire. Audrey l'imita. Ils pouffèrent un court moment sans parler, sans s'expliquer, sans même très bien savoir pourquoi.

La serveuse était partie prendre la commande vers l'ouverture à guillotine de la cuisine.

Le fou rire avait détendu l'atmosphère empoisonnée. Bo profita de la solitude pour se pencher vers Audrey. Il interrogea d'un ton à moitié sérieux :

– Ce que vous ne m'avez toujours pas dit, ma chère amie..., c'est qui je dois assassiner?

Audrey essuyait une larme de ses yeux. Elle tourna vers Bo un regard que l'humidité du rire avait rendu presque vert et où il pouvait lire une totale incompréhension.

– Ben... pour gagner mon fric, quoi! insista Bo, un peu vulgaire... En échange des cinq mille dollars, quel est le « contrat »?

Le cuisinier deposait à grand bruit les assiettes sous la guillotine la serveuse revenait chargée de la commande.

Audrey attira Bo plus près d'elle. Ses lèvres s'approchèrent de l'oreille masculine. Elles chuchotèrent très rapidement deux mots absolument incroyables :

– ÉPOUSEZ-MOI!

Au visage impassible de Bo, il était impossible de savoir s'il avait bien entendu.

La serveuse posait les assiettes sur le bar. Cette âme solitaire se planta ensuite, bras croisés, devant ses clients, apparemment décidée à bien jouir de leur conversation.

Un regard peu amène d'Audrey ne faisant pas fuir l'indiscrète, la jeune Française dut se résoudre à parler par périphrases :

– Après, vous n'auriez rien à craindre, je vous le jure... Chacun pour soi et Dieu pour tous!

Elle suppliait presque. Comme s'il n'avait rien écouté, Bo attaquait, de fort bon appétit, sa montagne ruisselante de pancakes.

– Alors? insista Audrey.

– Hon...

Bo avait l'excuse de ne pouvoir répondre la bouche pleine.

– Vous acceptez... bien sûr..., fit Audrey, un irrésistible sourire sur les lèvres.

La réponse tomba, froide :

– Iriez-vous jusqu'à six mille?

Audrey marqua une légère hésitation :

– M... oui...

Bo enfournait une saucisse.

– Pas sept... ou huit...

– Non, pas un sou de plus, répondit sèchement Audrey.

Elle était exaspérée par ce semi-chantage.

– Pardon...

C'était la serveuse qui essuyait des taches imaginaires sur le comptoir. Audrey souleva machinalement sa tasse pour lui laisser frotter en dessous.

– Et... je suis désolé de vous importuner avec ces questions, mais elles ont leur petite importance... Enfin, pour moi... Quand toucherai-je mon magot?

Bo accompagnait ses paroles d'un gracieux sourire.

– Avant..., répondit Audrey précipitamment... Non, après...

Bo tiqua aussitôt :

– Ah! mais c'est que ce n'est pas du tout la même chose! Les affaires sont les affaires et vous autres Français, je suis désolé de vous le dire, vous avez très mauvaise réputation de ce côté-ci de l'Atlantique... Regardez le Concorde, vous avez complètement loupé votre marketing et votre vente, sans parler...

– Moi, je ne vous parle pas de ça, interrompit Audrey, volubile..., parce que, question réputation des Ricains, je pourrais en faire une encyclopédie en vingt-quatre volumes avec vos multinationales qui viennent bouffer nos petites compagnies et votre politique biscornue qui flanque la pagaille dans le monde entier...

Elle avait à peine répondu qu'elle se mordit les lèvres. La tête sous la hache du bourreau, il aurait fallu qu'elle raisonne!

Bo poussa un soupir :

– Ah! là, là, là... Vous voyez ce que je vous disais, on ne peut pas établir de relations d'affaires saines avec vous autres les Français... Tout de suite, c'est la passionata... Tenez, je vais vous faire la démonstration avec un bon citoyen américain moyen, vous allez voir comme c'est simple... Pouvez-vous nous servir d'arbitre, mademoiselle?

Tout en sortant un billet de cinq dollars pour payer la note, Bo s'adressait directement à la serveuse, ravie d'être enfin tirée de son ennui :

– Nous avons une petite discussion, Madame et moi. A votre avis, le client doit-il payer *avant* ou *après* la consommation?

Bo et Audrey étaient suspendus à la réponse de la fille. Ses yeux papillotèrent derrière ses grosses lunettes. Elle hésita avant de lancer d'un ton très affirmatif :

– Chez nous, monsieur..., on paie *après*...

– Ah!... triompha Audrey.

– Mais, reprit aussitôt la fille en désignant du doigt un comptoir garni de sucreries..., pour les douceurs, on paie *avant*...

– Qu'est-ce que je vous disais? triompha Bo.

– Vous vous êtes bien fichu de moi! admit Audrey.

Pour la première fois, Bo ouvrait galamment la portière de son camion. La casquette d'une main, il tendait l'autre vers la jeune femme, à la fois comme pour demander de l'argent et l'aider à monter.

Avec un rien d'hésitation, Audrey posa ses doigts sur le poignet de Bo. Il remarqua à cet instant, Dieu sait pourquoi, qu'elle avait les mains gelées.

« Elle doit avoir maintenant les pieds brûlants! »

Bo se forçait à l'ironie.

Audrey levait la tête vers lui. Ses grands yeux gris reflétaient le bleu du ciel. Elle paraissait soudain très petite, fragile, perdue, innocente, et d'autant plus dangereuse.

– Vous devez me croire un peu..., murmura Audrey.

Les paupières de Bo se plissèrent comme celles d'un matou.

Surtout..., surtout... ne pas se laisser attendrir par cette demi-folle, bien sûr très séduisante, mais il fallait s'en débarrasser au plus vite et ne la revoir jamais...

– Je ne crois rien, dit Bo tout haut..., mais...

Il se pencha légèrement vers Audrey, sans savoir exactement lui-même s'il voulait la consoler, l'embrasser, se moquer ou simplement l'aider à monter.

Cette confusion dans ses sentiments l'inquiétait au plus haut point.

Un crissement de pneus, suivi d'un aboiement désespéré, mit fin à l'embarras de Bo. Il regarda dans la même direction qu'Audrey.

Sur la voie opposée de l'autoroute, sous une pancarte *FLINT, 160 miles,* un petit french poodle, ce genre de caniche blanc beaucoup plus à l'aise dans les salons que dans la nature sauvage, aboyait, terrifié par les voitures qui risquaient à chaque seconde de l'écraser.

– Mon Dieu, pauvre petit..., il est perdu, il ne sait plus où il est... Il va se faire tuer...

Un camion arrivait à bonne allure. Le french poodle trottinait à droite, à gauche, puis il revint au milieu.

Audrey échappa des mains de Bo pour courir vers l'autoroute. Les voitures arrivaient en sens inverse.

– Vous êtes complètement folle, c'est vous qui allez vous faire écrabouiller...

Rattrapant Audrey par les épaules, Bo cherchait à la ramener vers le camion.

– Laissez-moi..., mais laissez-moi donc, vous ne pouvez pas comprendre, espèce de brute...

Elle le bourrait de coups de poing. Exaspéré, Bo lui donna un coup sec pour se dégager. Il la planta là et courut comme un fou. Deux voitures arrivaient en trombe sur la première voie de l'autoroute, il traversa juste devant les capots, sauta par-dessus la rambarde, reprit son élan derrière un mobil-home, bondit sous la pancarte *Flint* au milieu de la deuxième voie, se baissa et ramassa le petit chien blanc dans ses bras. Bo n'eut que le temps de sauter sur le côté, une voiture lui rasait le dos. Un poing sortit de la fenêtre, accompagné d'un cri :

– Cinglé!

Sur le bord de l'autoroute, Audrey mordit son poing. Le chien dans les bras, Bo galopa se jeter à l'abri de la rambarde qui séparait les deux voies.

Profitant d'une accalmie, il reprit son élan, cavala vers Audrey et lui remit le french poodle entre les bras.

– Là, z'êtes contente? grogna Bo, quelque peu essoufflé.

Tout occupée par le caniche blanc, Audrey bêtifiait :

– Pauvre petit, petit joli, petit chéri..., là..., là..., tout va bien, mon minet... Oh! il tremble, le petit chéri. Il a peut-être faim..., soif... Il a eu peur, si peur, petit bébé... Là, c'est fini, fini..., le trésor...

Audrey couvrait de baisers le museau du petit chien, sous le regard de Bo.

– Il n'y a pas que lui... Moi aussi, j'ai eu peur.

A ces mots, Audrey releva la tête. Ses yeux étaient remplis de larmes. Elle considéra Bo comme si elle avait complètement oublié sa présence et la redécouvrait subitement. Un irrésistible sourire illumina son visage transparent sous les rayons du soleil. Bo remarqua à cet instant, Dieu sait pourquoi, qu'elle avait une minuscule ride au coin des paupières. Stupidement, cela lui plut.

– C'est vrai, Bo, vous avez été très chic, très courageux, formidable... Je ne sais pas comment...

Elle secoua sa masse de cheveux, souples et brillants, cela voulait-il dire oui ou non? Cela voulait dire merci!

Elle se hissa sur la pointe des pieds et posa ses lèvres sur celles de Bo. Sa bouche fraîche sentait le citron. Elle resta un moment, à la fois très long et très court, douce, charnue et sensuelle, appuyée contre la bouche de Bo.

Il ne fit pas un mouvement, ni pour prolonger ni pour écourter ce long et chaste baiser. Les rôles renversés, l'homme restait aussi immobile qu'une statue de marbre.

Une hirondelle du lac passa à basse altitude. Le petit caniche émit un gémissement. Audrey s'écarta de Bo pour s'éloigner aussitôt vers le camion.

Il suivit un instant du regard sa longue silhouette pleine de grâce. Elle avait une façon de marcher en balançant légèrement ses hanches qui était unique. Bo l'imagina nue. Elle devait avoir une chute de reins admirable, cambrée et large, une vraie croupe de femme...

Le même désir animal avait envahi Bo. Pourquoi avait-il envie de cette créature? Justement celle-là? Qu'il ne connaissait pas la veille et qui, en vingt-quatre heures, avait totalement rempli sa vie, annexé sa liberté, pris possession de ses pensées et de ses biens matériels avec une facilité remarquable!

« Si je ne m'en débarrasse pas au plus vite, je suis foutu! » pensa Bo, pour la troisième fois.

Il décida d'un plan d'action :

Premièrement : fuir la discussion...

Deuxièmement : la larguer au bateau...

Troisièmement : filer sans laisser d'adresse!

Ces principes émis intérieurement ragaillardirent Bo, qui rejoignit, souriant, son camion.

## LES PAQUEBOTS DU LAC MICHIGAN

Dans le port de Muskegon, les paquebots, noirs, blancs et rouges, étaient à quai.

Audrey ne semblait pas du tout concernée par le spectacle, pourtant toujours distrayant, d'une rade. Elle caressait, d'un mouvement machinal, le french poodle qui, lui-même, ronronnait sur ses genoux.

Bo conduisait lentement. Le camion passait devant les pancartes annonçant les voyages vers la rive verdoyante du Wisconsin ou de l'autre côté de la péninsule isolée du Michigan.

Noms pouvant faire rêver, mais laissant Audrey

totalement indifférente : MANITOWOC, TWO-RIVERS, SHEBOYGAN, EVANSTON, MARINETTE, ESCABANA, MARQUETTE VILLE... promise par bateau et autocar-Greyhound... Le cœur français d'Audrey aurait dû battre pour la cité du père Marquette, ce jésuite français venu du Canada pour découvrir par la suite le Mississippi. Mais Audrey avait d'autres pensées en tête.

– Nous aurions quand même dû aller à la police, dit soudain Bo avec un regard pour sa passagère.

Elle sursauta :

– Pourquoi à la police?

– Pour rendre ce french poodle...

Un déluge s'abattit sur Bo :

– Vous avez vraiment de curieuses réactions avec les animaux, vous autres les Américains!

Audrey se savait de mauvaise foi, hargneuse et stupide. Depuis son baiser, elle n'avait plus de prise sur lui. Tout essai pour remettre la conversation sur sa proposition avait été un échec sanglant. Elle se vengeait de son indifférence polie :

– Et qu'en auraient-ils fait à la police? Hein, je vous le demande... Dans une minute, vous allez me parler de votre C.I.A. Pauvre petit chéri, si ce n'est pas malheureux! Il est perdu, il n'a pas de collier, vous ne savez donc pas qu'il y a chaque année des milliers et des milliers de gens qui abandonnent leurs pauvres bêtes sur les routes... Alors, à qui le rendre? Pour qu'on en fasse de la chair à pâté à la recherche médicale? Ce n'est pas une raison pour le garder et une bonne raison, ça?

Elle savait avoir très largement dépassé les bornes.

– Vous avez raison, vous avez toujours raison, les Français, surtout avec les Américains, lança Bo, resté calme sous l'avalanche... Bon, je vous mets au bateau de Chicago, justement le voilà...

Bo désignait un petit paquebot vert.

Audrey haussa les épaules :

– Je ne sais pas... Mettez-moi à celui que vous voulez...

D'un geste sec, Bo arrêta son camion devant la gare maritime.

– Comment ça, où je veux? Moi, je ne veux rien, c'est vous qui vouliez...

Il se montait au fur et à mesure.

– Vous vouliez bien aller à Chicago, non? insista Bo, agressif.

Elle répondit sur le même ton :

– Ecoutez, je ne connais pas Chicago. Mais, pour quitter votre foutu Michigan et votre foutu camion, je partirais bien à la nage...

Bo claqua sèchement la portière du camion et se dirigea d'un pas nerveux vers le guichet.

– Désolé, nos bateaux sont tous en grève, annonça un employé fort aimable.

– Et les bus?

– C'est la même chose, ordre des syndicats...

– Peut-être un avion?...

– Celui du samedi est parti... En vous dépêchant, vous pourriez peut-être avoir la correspondance Detroit Lansing à Grand Rapids, mais j'ai peur qu'il ne soit trop tard pour Chicago... Ah! et puis regardez, ajouta l'employé en consultant un indicatif des horaires : United Airlines vient de supprimer ce vol, cela coûtait trop cher... Demain, il y aurait peut-être une solution sur le Flint Lansing-Kalama-zoo qui ramasse des gens à 8 h 43 du soir, arrêt à Benton Harbor. Ah! oui, mais là, ça ne repart pas, il faut y passer la nuit...

Tout se liguait contre Bo. En revenant vers le camion, il pestait intérieurement contre son pays qui, avec le progrès de l'aviation, avait complètement laissé tomber le réseau de chemin de fer.

– Alors, qu'est-ce qui se passe? interrogea Audrey.

L'affiche gigantesque d'une pin-up très dévêtue promettait au voyageur fatigué un accueil des plus chaleureux sous le toit du Paradise Motel.

– Il vous reste un bungalow?

– Voyez à la réception, monsieur.

Bo suivit le conseil du portier. Il descendit, passablement énervé, de son camion. Il fit un pas et il revint machinalement reprendre sa clef de contact sous le volant.

Audrey ne lui jeta pas un regard.

Toujours nerveux, Bo rentra à grandes enjambées dans le bâtiment principal du motel.

– Avez-vous un bungalow pour le week-end?

– A grand lit ou lits jumeaux? interrogea le réceptionniste.

Bo jeta un coup d'œil rapide vers le camion, où il apercevait le profil d'Audrey.

– Heu... grand lit...

Le réceptionniste consulta son cahier :

– Oui, j'ai justement un très bon bungalow pour deux personnes...

– Hem... pas tout à fait. (Bo toussota.) Il y a un petit chien, un french poodle...

L'employé prit un air compréhensif :

– Au Paradise Motel, nous acceptons les animaux, monsieur. C'est quarante-cinq dollars par jour, plus cinq pour le french poodle...

Bo sortit une carte de crédit :

– Je vous règle d'avance, jusqu'à lundi matin...

« Ouf, dit Bo en remontant dans son camion. Ce n'est pas trop tôt. Il y a enfin de la place. A croire que toute l'Amérique est coincée aujourd'hui à Muskegon! »

Audrey ne broncha pas. D'un air toujours absent, elle caressait la tête du french poodle.

La clef dans une main, Bo conduisait assez rapidement dans l'allée des bungalows.

– 302... 303... Voilà, le 304...

En homme pressé, Bo arrêta son camion devant une jolie petite cabane blanche, agréable, propre et coquette. Le vrai bungalow du « typique motel américain », où il peut aussi bien se passer le crime le plus crapuleux que le plus exquis des week-ends amoureux!

Toujours sous pression, Bo sauta sur les graviers. Il laissa cette fois-ci sa clef de contact en place et fit le tour du camion pour aider Audrey à descendre.

– Bon... Eh bien..., commença Bo d'un air un peu gêné.

Sans lâcher son chien, Audrey regardait le bungalow. Bo se méprit sur son expression :

– Oh! c'est un excellent endroit, avec vue sur le lac!

Après cette affirmation digne du syndicat d'initiative, il prit rapidement le sac Vuitton resté sur le siège du camion et il entraîna Audrey vers le bungalow.

– Allons, ne vous inquiétez pas... (Bo mettait la clef dans la serrure.) L'employé m'a juré que cette grève s'arrêterait lundi matin.

Sur ces mots, Bo ouvrit la porte et s'effaça pour laisser passer Audrey.

Un grand lit trônait au milieu de la pièce. Audrey déposa le french poodle, ravi de ce confort, sur le couvre-pied à raies multicolores. Bo se débarrassa du sac Vuitton dans un fauteuil, tandis qu'Audrey ouvrait la porte-fenêtre donnant sur une terrasse-jardinet, meublée de deux fauteuils et d'une table de plastique blanc.

Bo n'avait pas menti. Le lac Michigan s'étendait à perte de vue. Audrey laissa errer son regard loin, très loin, vers l'horizon aux nuances changeantes sous la lumière.

– Bon... Alors...

Elle réprima un tressaillement. Bo lui tendait la main.

– *Good bye...*

Audrey baissait les paupières. Souriant, faussement à l'aise, Bo chercha son regard pour répondre en français avec un « énaurme accent » :

– Aû revauoir..., mademoiselle...

Il gardait ses doigts prisonniers. Audrey n'eut aucune réaction.

– Ecoutez, je suis vraiment désolé de ce contretemps. Si je n'étais pas occupé, j'irais à Chicago..., mais ça fait quand même trois heures aller, cinq heures pour le retour chez moi. J'espère que vous comprenez?...

Furieux contre lui-même, Bo s'excusait...

– Et puis, heu... (il eut un rire un peu forcé), pour ce que vous m'avez proposé, c'était réellement très flatteur... Le gag le plus drôle qu'on m'ait jamais fait... enfin... Mais...

– Finalement, vous n'avez pas besoin de six mille dollars, murmura Audrey.

Elle se décidait à le regarder avec une telle douceur que Bo sentit sa gorge se serrer de remords. Ça, c'était le comble! Il hocha la tête, enfonça sa casquette. Il voulut dire quelque chose, se ravisa et donna une tape amicale sur l'épaule d'Audrey.

– Allez, bon week-end, bonne fin de séjour chez nous.

Il rit à nouveau et fit un pas en arrière. Pour cacher sa gêne, il leva le bras comme un chef indien.

Audrey était restée sur la terrasse. Un sourire immuable au coin des lèvres, elle répondit au salut de Bo en levant le bras de la même façon.

C'était terminé. Bo pouvait filer. Il était débarrassé de cette enquiquineuse. L'avait-il attendu, ce moment! Soudain, il se retourna pour montrer la paume de ses mains, parfaitement propres :

– Vous permettez que...

Son sourire de Joconde retroussant à peine le coin de ses lèvres, Audrey, sans bouger de la terrasse, répondit d'un geste signifiant : « Mais je vous en prie, faites donc. »

Bo s'attardait dans la salle de bains. Tout en se donnant un coup de peigne, il se décida à lancer d'une voix assez forte pour qu'Audrey puisse l'entendre à travers la cloison :

– Donnez-moi quand même votre adresse à Chicago, je suis occupé demain, mais, si vous voulez, le week-end prochain, on déjeunera au bord du lac... Comme ça, quand vous rentrerez en France, vous ne taperez pas trop sur le dos des pauvres Américains... (Bo émit un petit rire.) Il y en a quand même de pas complètement mauvais... Je passerai vous chercher, disons, samedi midi...

Bo attendit une seconde. La réponse ne venant pas, il sortit de la salle de bains. Comme un flash photographique, il vit : la terrasse vide, le french poodle disparu du lit et le sac Vuitton resté sur le fauteuil.

D'une voix incertaine, Bo interrogea :

– Audrey, vous êtes là?

Un bruit de moteur, reconnaissable pour lui entre tous, résonna dans l'allée. Bo bondit hors du bungalow, pour voir *son* camion qui sortait à toute allure du motel.

Les pneus crissaient dans le tournant. La conductrice, folle, manqua emboutir une autre voiture. Après avoir redressé in extremis, et avec le diable à ses trousses, elle fila sur la grande route.

De rage, Bo jeta sa casquette sur le sol.

## SI VOUS RENCONTREZ UNE FRANÇAISE FILEZ À L'ANGLAISE

Le gros policeman du poste de Muskegon arrêta de se curer les dents avec son stylobille pour se remettre, comme tout bon flic qui se respecte, à taper de deux doigts :

– Bon, vous dites... une Française... rousse...

Bo fit un geste de dénégation.

– Non, pas rousse, rectifia le représentant de l'Etat du Michigan, disons acajou...

D'un air aussi sérieux qu'intéressé, il s'enquit :

– Il paraît que beaucoup de french girls sont acajou, est-ce vrai?

Bo, agacé, répondit par une moue d'ignorance.

– Non, pas beaucoup..., dommage... Avec un french poodle blanc, disiez-vous... C'est bien blanc, n'est-ce pas?

De plus en plus exaspéré par ce perfectionniste des couleurs, Bo fit un signe du genre : « Quelle importance, passons, passons... »

– Pas tout à fait blanc, se méprit le policeman..., disons crème...

Au comble de l'énervement, Bo coupa la parole au policeman, pour lui détailler, avec de grands gestes, le vol de son cher camion.

Tout en parlant, il sortit tout un fatras du sac Vuitton qu'il étala devant son interlocuteur : une trousse de toilette, un pantalon grenat, un chemisier rose, une petite culotte de dentelle bleue, un portefeuille et un passeport français, qu'il brandit comme une arme.

Le policier, blasé, y jeta un regard. Bo l'imita. La photo d'Audrey souriait aux deux hommes. Pour la troisième fois, Bo lut le texte légal concernant la jeune femme :

*FRONSAC Audrey-Geneviève-Anne.*
*Née le 28 novembre 1949 à Paris-6e (Seine).*
*Nationalité : Française.*
*Profession : anthropologue.*
*Domicile : 18, rue de Chézy, 92-Neuilly.*

Anthropologue et le fait qu'elle ait trente et un ans, alors qu'il ne la pensait âgée que de vingt-six ou vingt-huit ans, étaient pour Bo des grandes découvertes, mais, à part ça, cette folle avait dit la vérité.

Dans le portefeuille, il n'y avait que treize dollars et l'article de journal, soigneusement découpé, que Bo lisait la veille au soir : *Le scandale des actions immobilières à Super-Nice en France rebondit...*

« Pourquoi cette fille s'intéressait-elle à cette histoire ? » pensa rapidement Bo.

Devant toutes ces preuves, le policier opinait de la casquette. Il recommença de taper la plainte.

– Un camion jaune, c'est bien ça ?

Bo, lassé, acquiesça :

– Oui, très jaune...

– Sur la route de Chicago..., c'est bien ça ? Bon, rassurez-vous, monsieur, on va faire des barrages, arrêter votre voleuse. Elle va en prendre au moins pour six mois et...

Bo arrêta la vision idyllique du policeman :

– Mais je ne VEUX pas que vous l'arrêtiez pour la mettre en prison, JE VEUX simplement récupérer mon bien, JE VEUX que vous lui passiez un bon savon... et JE VEUX que vous lui disiez de ma part que si elle VEUT revoir ses affaires...

En disant ces mots, Bo surexcité, tapait sur le passeport et la culotte d'Audrey.

– Moi, ce que JE VEUX, c'est revoir mon camion et en bon état, un point, c'est tout... Ensuite, vous la lâchez et qu'elle aille se faire voir au diable dans son foutu pays...

Le policeman avait bien écouté la démonstration de Bo. Tout en se curant à nouveau les dents avec son stylobille, il se renversa dans son fauteuil pour murmurer très doucement :

– Vous êtes à la police... La loi est la loi, monsieur...

Le policier parlait à Bo comme à un malade mental.

– Si un individu vole une bicyclette ou une planche à voile, nous, on ne l'envoie pas à l'Armée du Salut... Maintenant, si vous ne voulez pas porter plainte... (Le représentant de la loi arracha de sa machine la feuille officielle qu'il remplissait)... et simplement faire un message à une Froggie ravageuse..., ALORS, ADRESSEZ-VOUS AU COURRIER DU CŒUR!

Hurlant ces derniers mots, le policeman, furieux, flanqua le sac et les affaires d'Audrey entre les mains de Bo, puis il poussa le tout hors du poste de Muskegon.

Depuis une heure, Bo essayait l'auto-stop. Personne ne s'arrêtait. Son humeur pour le moins acariâtre ne faisait que s'accroître.

Le petit sac de voyage à la main, Bo marchait le long de la route tout en ressassant l'injustice de la vie : « Allez donc aider votre prochain! »

Le bruit d'un moteur le fit se retourner. Un camion jaune arrivait en bringuebalant.

Bo s'immobilisa, aux aguets. Le véhicule approchait. Bo comprit son erreur. Il leva le pouce. Quelques mètres plus loin, le camion stoppa. Un géant à l'énorme barbe noire s'enquit par la fenêtre baissée :

– Où tu vas, mec? La rivière de sable? Ludington? O.K., c'est mon chemin... Faut bien s'aider entre barbus! déclara le géant en redémarrant avec un grand rire.

Pendant toute la route, Bo dut subir l'odeur et les caquètements de trois caisses remplies de poulets à l'arrière du camion, auxquels s'ajoutaient la voix tonitruante et les revendications du barbu bavard :

– Quand la mécanique lâche son homme, rien ne va. Il y a des jours comme ça... Mais la loi est la loi... Moi, j'ai dit à ma femme : on paie les taxes, si on ne payait pas les taxes, ce ne serait pas la même chose, mais, comme on est des honnêtes citoyens et qu'on paie les taxes, on a le droit d'y avoir droit...

Le retour parut interminable à Bo. Il n'avait même plus la force de penser.

– C'est là! prévint Bo.

Il venait d'apercevoir, avec soulagement, le croisement de son chemin de sable. Il sauta hors du camion.

– Merci!

– Pas de quoi, faut bien s'aider entre barbus! répéta l'homme avec son rire tonitruant. Eh! t'oublie tes outils, mec!

Le sac Vuitton atterrit entre les mains de Bo. L'homme avait été quand même serviable. Bo voulut lui rendre la monnaie de sa pièce :

– Eh! mon pote, je vais te donner un conseil d'ami : SI TU RENCONTRES UNE FRANÇAISE, FILE À L'ANGLAISE...

Ce cri du cœur et les deux miles qu'il fit dans la solitude verdoyante pour atteindre son domaine le calmèrent un peu.

En entrant dans sa clairière, Bo, régénéré par l'oxygène et la chlorophylle, avait presque oublié ses malheurs. Il s'arrêta, pétrifié par le spectacle qui s'offrait à sa vue : le camion..., *son* camion jaune, était garé de *travers* devant *sa* cabane!

« Complètement givrée! » pensa Bo en traversant la clairière d'un pas vengeur.

Il ouvrit la porte de son cabanon avec la même disposition d'esprit que l'abominable homme des neiges rentrant dans sa tanière après une expédition particulièrement difficile sur les pentes de l'Himalaya.

– Je suis ici chez moi et je ne supporterai plus...

Bo s'arrêta sur sa lancée.

La cabane était vide de tout squatter. Se sentant un peu ridicule, Bo jeta un coup d'œil dans *sa* chambre et *sa* salle de bains.

Personne!

Presque déçu, Bo déposa le sac sur la table de la cuisine et il ressortit du cabanon.

Un aboiement résonna en direction de la rivière.

– Allons, Monsieur Flint, rapportez... Oh! Monsieur Flint..., mieux que ça...

Dans une chemise à carreaux trop grande et une salopette grise trop large, que Bo reconnut aussitôt pour être des siennes, la squatter française, pieds nus, courait, avec le french poodle, le long de la rivière!

Pendant que Bo avait sué sang et eau, cette hystérique, voleuse, mythomane, experte à ratiociner, argumenter et raisonner, jouait en compagnie du caniche blanc qu'elle avait, de plus, affublé du nom stupide de Monsieur Flint!

Le sang de Bo ne fit qu'un tour. La folle ne l'avait même pas vu. Il descendit rapidement la pente sablonneuse conduisant au lit de la rivière.

– Petit désobéissant, vous êtes un joli américain poodle... Très bien, Monsieur Flint, vous avez compris... Bravo, bravo...

Le french poodle rapportait fièrement le bout de bois que sa nouvelle maîtresse lui avait jeté. Audrey, ravie, se laissa tomber sur le sable. Le french poodle lui sauta sur la poitrine. Il lui léchait le nez, lui mordait le cou, aboyait, tout excité.

– Ouille..., ouille..., Monsieur Flint.

Audrey riait, les yeux fermés, le visage et ses cheveux soudain acajou illuminés par ce soleil de printemps. Une ombre passa sur Audrey, lui dérobant les rayons. Elle ouvrit les yeux pour voir Bo debout à contre-jour. Il la considérait, elle et son french poodle, d'un air dubitatif.

Audrey lâcha aussitôt son chien. Elle s'assit et, mettant un coude sur son front pour se protéger du soleil, elle déclara tranquillement :

– Hou, vous m'avez fait peur!

Bo restait debout, bras croisés, dans l'attitude de la statue du Commandeur :

– Ça vous prend souvent?

Elle avait l'art de savoir répondre à côté :

– Ça me fait vraiment plaisir de vous revoir!

En plus, elle avait l'air sincère! Suffoqué de cette inconscience, Bo se tapa du plat de la main sur le front :

– Non mais, ça ne va pas bien là-haut... Ce serait des choses que vous feriez en France? Vous êtes complètement inconsciente ou quoi?

Pas gênée, elle tendit les doigts vers Bo pour qu'il l'aide à se remettre debout et elle s'enquit, très gentiment :

– Vous avez faim?

– Oui!... Non! se reprit Bo. Là n'est pas la question...

Il sentait, furibard, que la situation lui échappait. De fait, Audrey sifflait son caniche et remontait tranquillement vers la clairière :

– Monsieur Flint... Monsieur Flint, on rentre à la maison...

De plus en plus nerveux, Bo suivit Audrey sur la pente sablonneuse. Le joli postérieur tendait la toile de la salopette, juste à la hauteur de ses yeux. Il eut beau fermer les paupières, un voile rouge brûlait sa nuque. Dans un éclair, il avait une envie féroce de la renverser au milieu du chemin, de lui arracher la salopette, de déchirer la chemise, pour la prendre là, nue, humiliée et vagissante, annihilée, matée par sa puissance masculine.

– Non mais, où vous croyez-vous? reprit Bo d'une voix soudain moins agressive... Si vous vous imaginez que cela va se passer comme ça... *Ma* cabane n'est pas un hôtel...

Audrey avait atteint l'herbe tendre de la clairière. Elle se retourna, soudain inquiète.

– Vous avez bien rapporté mon sac?

Bo glissait au même instant dans la pente. Il se rattrapa à une racine.

– Votre sac? Quel sac? Non mais, a-t-on idée d'agir comme ça, tout le F.B.I. est après vous!

– Vous n'avez quand même pas prévenu la police? glapit Audrey, affolée.

Suivie de Monsieur Flint, elle repartit au pas de course vers le cabanon.

Cette fois-ci, Bo n'était pas mécontent d'avoir marqué un point. Il la poursuivit :

– A quoi pensiez-vous? Si un individu vole une planche à roulettes, la loi, c'est la loi... Je n'allais quand même pas m'adresser à l'Armée du Salut!

– En voilà des histoires pour un vieux camion tout déglingué! jeta Audrey par-dessus son épaule.

– Un vieux camion... Oh, oh!... il ne faudra surtout pas monter dedans la prochaine fois...

Asphyxié par tant de mauvaise foi, Bo vociférait. Sans écouter la suite, Audrey grimpa les trois marches de la cabane et claqua la porte au nez du propriétaire.

La guerre était déclarée. Enfermé dans le château fort, l'occupant avait relevé le pont-levis, se contentant de baisser d'un geste sec les stores américains. Faisant le siège, l'occupé cherchait dans sa tête comment déloger rapidement l'occupant français.

Pour le moment, l'occupé, maniaque, lavait son cher camion à grande eau. Il jetait, de temps à autre, des regards peu amènes vers son cabanon, dont la porte restait obstinément close.

Celle-ci s'ouvrit brusquement pour laisser passer, un irrésistible sourire sur les lèvres et un gigantesque « club sandwich » entre les mains, la squatter calmée.

Bo se pencha aussitôt sur le camion pour astiquer, avec l'énergie-du-monsieur-bien-décidé-à-ne-pas-se-laisser-embobiner, les chromes rouillés des phares!

– Je suis sûre que vous avez un petit creux!

C'était la dame tentatrice.

– Absolument pas! répondit Bo, stoïque.

Il lui tourna carrément le dos. Tout charme, Audrey contourna son interlocuteur pour venir déposer l'assiette du club sandwich sur le capot.

– On dit en France : « L'appétit vient en mangeant »... Allons, laissez-moi faire, ce n'est pas un travail d'homme!

Réellement prête à tout pour se réconcilier, Audrey ôta la peau de chamois des mains de Bo. De la poigne d'une bonne ménagère que n'auraient pas atteinte les principes du M.L.F., elle se mit à frotter avec énergie.

Vaguement amusé par la situation, Bo souleva un sourcil. Il s'accouda sur le capot du camion et commença de manger avec l'appétit d'un monsieur qui avait sauté le lunch.

– Finalement, les femmes françaises, ça a du bon! constata Bo.

Il se sentait l'âme d'un macho.

– A un point que vous n'imaginez pas!

Le ton était plein de promesses.

Un vol de sarcelles passait au-dessus de la clairière. Monsieur Flint se lança, tête levée, à leur poursuite. Bo ne put s'empêcher de sourire. Il était drôle, ce petit caniche perdu...

– Pourquoi êtes-vous partie? interrogea soudain Bo.

Audrey faisait le tour des portières à la recherche des taches de boue :

– Vous savez ce que c'est, besoin d'aventures, d'autre chose, d'horizons nouveaux. J'étais professeur...

Elle jeta un rapide coup d'œil vers Bo. Tout en mangeant, il écoutait attentivement. Elle continua, volubile :

– J'en avais ras le bol du vieux conformisme européen, envie de flanquer un coup de balai dans tout ça...

Tout en parlant, elle disparut de l'autre côté du camion. Bo lui coupa la retraite :

– Non, pourquoi êtes-vous partie du motel, comme ça?

– Parce que les treize dollars qui restaient dans mon sac et que vous avez dû voir en ouvrant mon portefeuille...

Bo fit un geste de dénégation, choqué qu'elle puisse avoir une telle idée. Sans paraître avoir remarqué l'interruption, Audrey continua d'un air très naturel :

– ... sont mes derniers dollars. J'ai essayé de vendre mes quelques bijoux, mais je n'ai pas réussi... Alors, j'ai eu peur d'être obligée de faire comme à Detroit avant de vous rencontrer..., filer au petit matin sans payer, en abandonnant ma valise...

Il en fallait plus pour indigner Bo. Il était simplement un peu surpris.

– Et les six mille dollars pour... ce que vous m'avez proposé?

Audrey haussa les épaules :

– Je croyais que les Américains ne pensaient qu'à l'argent!

– Il y en a qui pensent à autre chose! rétorqua Bo, mi-figue, mi-raisin.

En guise d'excuse, elle répondit brièvement :

– C'était un truc pour vous appâter... Ça n'a pas marché, tant pis...

– Justement...

Bo venait vers Audrey. Il lui retira le chiffon des mains et la força à se retourner pour le regarder bien en face :

– Pourquoi revenir ici?

Sincère, nostalgique, Audrey engloba la clairière, le petit bois, la rivière sauvage et romantique, d'un long regard triste :

– J'aime cet endroit...

Bo tenait Audrey par les épaules. Il la dévisageait avec intensité. Comme s'il allait dire une phrase définitive, ou s'il avait voulu deviner ses véritables pensées, Bo plissa le front, puis il lâcha Audrey et, d'un ton très sérieux, interrogea :

– Vous n'avez pas soif?

Tout en disant ces mots, Bo ouvrit les battants arrière de son camion. Il sortit deux verres, les essuya soigneusement, souleva la porte de son frigo de voyage, comme en possède tout bon Américain « ne pouvant supporter vingt miles sans se sustenter », et il en sortit une bouteille de champagne frais.

– Et c'est du français, ma chère!

Tandis que Bo débouchait la bouteille, Audrey regarda l'étiquette :

– Du *Pommery 73*! Mazette! Le meilleur!

Elle eut un petit rire amusé :

– A Ludington, Michigan... Tout est donc possible dans cette foutue Amérique!

– Tout! répliqua Bo, pince-sans-rire. Nous les Ricains sommes les damnés de la terre. Nous achetons tout, nous volons tout, nous colonisons tout et, si vous n'avez plus de champagne à Paris, c'est parce qu'en ce moment vous et moi, ici, nous buvons tout... Cet admirable *Pommery*... Tchin, tchin...

Satisfait de sa démonstration, Bo leva son verre. Audrey l'imita. Ils burent en se regardant, dans un silence à peine troublé par le bruissement d'un vent léger dans les feuilles printanières.

Son verre à la main, Audrey, peut-être un peu gênée par le long regard masculin, alla s'asseoir sur les marches du porche. Elle caressait la tête de Monsieur Flint. Bo vint la rejoindre. Il posa une botte sur la dernière marche et resta debout, penchant son buste vers la jeune femme et le french poodle.

– Il a vraiment l'air de vous avoir adoptée! constata Bo en souriant.

D'un air étrange, Audrey répondit :

– Oui, Monsieur Flint m'a choisie...

– Comme vous, vous m'avez choisi...

La voix de Bo était un peu rauque. Audrey marqua une légère hésitation. Elle leva vers Bo ses admirables yeux gris où se reflétait le vert de l'herbe tendre. Elle mordit sa lèvre supérieure puis, sans flaflas ni sanglots, articula très doucement :

– Je suis dans la merde, monsieur Beauregard Boldinger...

## LA RIVIÈRE DE SABLE

Un petit jour glauque, accompagné d'une légère brume, se levait sur la clairière, transformant le paysage en un tableau fantasmagorique.

Bo sortit tout doucement de son camion. Vêtu d'une combinaison isothermique à jambes longues, car il faisait assez frais, des bottillons de yachting aux pieds, comme un vrai « pro » du canoë, Bo se dirigea vers son kayak monoplace tout neuf. Il marqua une hésitation. Avec un hochement de tête navré devant le trou béant dans la toile, il alla prendre, sous son hangar, un vieux biplace.

Un jappement venant de l'intérieur de la cabane immobilisa un court instant ses mouvements. Les deux occupants étaient-ils réveillés? Non, tout paraissait calme. Ils avaient dû se rendormir.

Bo choisit une pagaie à dragonne de caoutchouc, souple sous ses doigts, puis il descendit vers la berge en portant le kayak par le milieu.

L'embarcation aussitôt mise à l'eau, Bo s'agenouilla avec précaution, dos droit, genoux calés sous l'hiloire. D'un mouvement du bras, il propulsa le kayak au centre de la rivière.

En cet endroit, le courant était assez faible. Bo se laissait presque porter, ne donnant que de petits coups de pagaie pour descendre le cours de l'eau. Des canards sauvages déjà bien réveillés se dirigeaient, en bataillon serré, vers le lac Michigan. Deux buses, apparemment indifférentes, planaient au-dessus des bois. Le hurlement d'un coyote se répercuta dans les buissons.

Au soleil naissant, Bo répondit par un soupir de volupté. Il aimait cette nature encore sauvage, loin des excités de New York, des drogués de San Francisco et des exaltés de Los Angeles. Loin des joueurs de Las Vegas et des noceurs de Reno..., loin de tout jusqu'à *avant-hier*... Bo était un homme calme, paisible, sans problèmes graves, tout absorbé par son métier qu'il adorait, sa vie sportive et ses amis. Il s'était fait son cocon.

Pourquoi avait-il fallu que cette Française surgisse devant son camion, bouscule sa vie et ses habitudes, renverse les barrières, prenne d'assaut son moi intérieur?

Depuis deux jours et... deux nuits, Bo était devenu son otage... Il avait beau résister, l'ouragan venu du vieux continent l'emportait contre sa propre volonté.

« Je suis un pauvre type! » pensa Bo en pagayant plus nerveusement.

Il avait besoin de réfléchir avant de donner *sa* réponse. Réfléchir à quoi? Il ne savait trop. C'était oui ou non... Pourquoi cette fille l'avait-elle mis, lui Bo, dans cette situation?

De petites gouttes d'eau giclèrent sur son visage. Il aimait *sa* rivière.

Pourquoi avait-elle jeté son dévolu sur lui? La terre était pleine d'hommes jeunes, beaux et riches, qui n'auraient certainement pas demandé mieux que de lui rendre le service qu'elle exigeait.

Bo réprima un bâillement. Il avait encore très peu dormi. La soirée dans la cabane s'était prolongée assez tard. Elle avait parlé longtemps, longtemps..., très longtemps... Comme tous les Latins, elle s'y connaissait pour hypnotiser son auditoire. Quand Bo, vers les minuit, avait décidé de retenter sa chance par une manœuvre assez habile consistant à l'entraîner vers sa chambre pour lui installer, à la tête du lit, une lampe à pile électrique, elle l'avait mis gentiment, mais fermement, à la porte de *sa* cabane pour une deuxième nuit dans le camion!

Un grondement monta dans sa gorge. Il avait envie de cette femme comme un perdu. Il la voulait, la désirait. C'était une soif exigeante. Il avait même l'impression que s'il la laissait repartir il ressentirait toujours son bref passage tel un échec cuisant pour sa masculinité.

« Je suis un pauvre con! » décida Bo.

Il analysait trop. Il le savait. Déformation...

– Wil... William... Oho...

Bo avait arrêté son kayak devant un cabanon semblable au sien, construit en bordure de rivière. Une pelouse et des massifs fleuris d'hortensias et de renoncules attestaient cependant que l'occupant était installé dans les lieux depuis plus longtemps que Bo.

Personne ne bougeait à l'horizon. Bo émit un sifflement, imitant celui du merle.

Un homme aux cheveux bruns, hirsutes, court et trapu de corps, portant la même quarantaine que Bo, apparut en pyjama au rez-de-chaussée de sa cabane. Il bâillait à se décrocher la mâchoire.

– Je croyais qu'on n'avait rendez-vous qu'à 8 h 30...

Il parlait à mi-voix, comme s'il avait eu peur de réveiller quelqu'un. Bo répondit sur le même ton :

– Je risque d'être occupé plus tard... Tu viens maintenant?

William hésita une seconde entre son lit et le kayak. Il se décida :

– O.K. Je laisse un mot à Lili et on y va.

William tourna les talons pour rentrer dans son cabanon. Il se ravisa soudain :

– Et ton mono tout neuf?

– On ne me l'a pas livré à temps! répondit Bo, agacé.

Tandis qu'il attendait son ami, veuf lui aussi depuis quelques années, à croire que cette rivière était le coin des hommes seuls, le rideau d'une fenêtre mansardée du premier étage se souleva sous la pression d'une main discrète. Une tête blonde, celle d'une jeune fille de vingt à vingt-deux ans, s'approcha de la vitre. Elle portait des lunettes cerclées d'argent et son regard considéra longuement les larges épaules de Bo, assis dans son kayak.

Il leva brusquement la tête. Comme prise en flagrant délit, la jeune fille laissa retomber le rideau.

William arrivait, lui aussi vêtu maintenant d'une combinaison de caoutchouc identique à celle de son ami.

– Je crois que Lili est réveillée! dit simplement Bo.

Les deux amis pagayaient à vive allure. Ils étaient de même force et ne comptaient plus les descentes sportives qu'ils avaient pu faire ensemble.

Assis à l'avant, William prévenait ou commandait la manœuvre :

– Attaque du courant... Slalom... Veine d'eau puissante... Contre-courant...

Le kayak s'engageait dans une partie de la rivière beaucoup plus sauvage et mouvementée. Bo la connaissait par cœur.

Tout en pagayant, il regardait la large nuque bronzée de son ami William devant lui.

« Ça y est, je suis fou! » pensa Bo en clignant des yeux. A l'avant du kayak, Audrey avait remplacé le sportif trapu. Les longs cheveux acajou sous le soleil flottaient au vent. Audrey se retourna, souriante, tendre, irrésistible, vers Bo.

« Billy Brown, vous êtes le plus séduisant camionneur de tout le Middle West... Je veux faire l'amour avec vous... »

Un hurlement de William rappela Bo à la dure réalité de l'existence :

– Bon Dieu, qu'est-ce que tu fous? On prend la cravate!

Le kayak se retourna dans les remous. Bo et William ressortirent rapidement leur tête de l'eau tourbillonnante.

– Incroyable... T'as pas vu le drossage...

William soufflait comme un phoque.

– J'ai été distrait, se contenta de répondre Bo.

Les deux hommes tirèrent le kayak retourné vers la berge. Ils reprirent leur souffle, assis sur un rocher de schiste rose. Bo ouvrait la fermeture éclair de sa combinaison qui n'avait d'étanche que le nom. Il passa la main pour essuyer les gouttes d'eau sur sa large poitrine dont les muscles jouaient sous les pectoraux.

– Je voudrais te poser une question, William, fit soudain Bo. As-tu déjà fait une folie dans ta vie?

William réfléchit une seconde :

– Oui, je crois..., un 4 juillet... Avec toute une bande du service militaire, nous avons pris une cuite à tout casser en Floride... Nous avons écopé d'une nuit de taule... C'était drôle, mais il faut avoir vingt ans pour faire des trucs comme ça!...

Bo hocha la tête. Le brave Will appelait sa petite virée une folie! Les hommes ne ressentaient pas pour les mêmes mots le même sens! Toutes les différences de l'humanité : nations, milieux sociaux, sexes différents, toutes les incompréhensions devaient venir de là. A quoi bon expliquer!

Bo se contenta de demander :

– Dis-moi, Will, ton frère Robert a-t-il toujours son laboratoire à Traverse City?

## L'ILE DES PINS ARGENTÉS

Audrey mordit sa lèvre supérieure. Plus on approchait de la destination, plus elle se sentait devenir nerveuse. Les paupières légèrement plissées à cause de la luminosité de cette baie dans le grand lac Huron, Audrey, pour se calmer, caressa le gentil Monsieur Flint. Celui-ci n'aimait pas le bruit du chris-craft. Il boudait dans le fond du canot, sa jolie tête frisée appuyée entre ses pattes blanches.

Une folie... Ne commettait-elle pas une folie?... Dans quelle aventure se lançait-elle? Non, il n'y avait pas d'autre choix, c'était sa seule planche de salut.

Paradoxalement, l'inquiétude d'Audrey venait du fait que la « bouée de sauvetage » était trop séduisante!

La veille au soir, Audrey avait encore cru ne pas pouvoir résister au charme de cet Américain. Il était terriblement séduisant, drôle et naïf. Comment pouvait-il croire qu'elle le prenait véritablement pour un véritable camionneur?

Des remords aussi frappaient Audrey. Elle aurait peut-être dû lui dire *toute* la vérité... Mais pour qu'il prenne la fuite... Non, elle avait bien fait de taire le principal... Puisque lui aussi dissimulait sa véritable identité... Ils étaient deux à jouer au chat et à la souris... Arrivée à ce stade de pensées confuses, Audrey détailla Bo de dos. Sa casquette enfoncée sur la tête, mâle et sportif dans son éternelle tenue décontractée de jean et blouson, il conduisait le canot. En deux jours, cet homme inconnu était devenu son univers.

Comment une chose pareille était-elle possible? Bo sentit peut-être le regard perçant d'Audrey. Il se retourna, souriant. Ses yeux bleus brillaient derrière des lunettes noires.

– Voilà...

Il désignait du doigt une petite île verdoyante dans les sables dorés et les pins argentés brillaient sous le soleil. Audrey se baissa pour prendre Monsieur Flint dans ses bras. Quand elle se redressa, jolie et bien moulée dans le chemisier fuchsia et le pantalon grenat, les seuls vêtements qu'elle transportait dans son sac, elle était bien décidée à aller jusqu'au bout.

Bo avait ralenti la puissance du moteur. Sous sa conduite, le canot automobile pénétrait avec douceur dans un petit port naturel. Audrey aperçut une ravissante maison rose nichée dans la verdure. Au bruit du canot, un couple, en tenue décontractée de week-end, sortit de la véranda. Ils s'abritaient les yeux des rayons, puis, ayant reconnu en Bo le visiteur de l'après-midi, ils levèrent les bras et coururent sur la pelouse en direction du ponton.

Bo agita la main :

– Salut, Matt; bonjour, Pat...

Tandis que Bo faisait accoster le canot en souplesse, Audrey détailla avec curiosité le couple d'autochtones qui s'agitait sur la berge. La cinquantaine allègre, Matt était un petit rondouillard musclé. Sa femme, Pat, toute rose et frisottée, avait la taille dodue d'une bonne épouse trop occupée à confectionner tous les jours des french cheeses cakes ou des apple-pies!

– Quelle bonne surprise! s'exclamait Matt. Tu aurais dû téléphoner pour prévenir.

– Je sais que le dimanche vous êtes toujours là...

– Tu as bien fait. Mais je croyais que tu faisais une descente de rivière avec William aujourd'hui? insista Matt.

Bo jeta un coup d'œil rapide en direction d'Audrey :

– Oh! juste un petit entraînement...

Il sauta sur le ponton et tendit la main vers Audrey pour l'aider à monter avec Monsieur Flint.

– Je vous présente Audrey Fronsac...

– Enchantés de vous connaître, Audrey, répondirent Matt et Pat en chœur.

Sans savoir exactement pourquoi, Audrey les trouva très comiques. Elle nota aussi qu'à la mode américaine ils l'appelaient aussitôt par son prénom.

Tandis que la jeune Française remontait devant

avec Pat qui lui faisait les honneurs du jardin, Bo retint Matt légèrement en arrière. Il chuchota rapidement :

– Ne gaffez pas, elle me prend pour Rocky Brown... Enfin, expliqua Bo devant le regard totalement incompréhensif de Matt..., pour un camionneur... Préviens Pat.

Sans attendre la réaction de son ami, Bo hâta le pas et rejoignit les femmes.

Après une petite promenade dans le bois de pins argentés, on prit des rafraîchissements sur la terrasse. Pat versait l'orangeade dans les verres. Audrey aurait bien mis un peu de vodka dans le jus de fruits pour relever le goût et se donner du courage, mais l'alcool, comme dans beaucoup de maisons du Middle West, semblait proscrit de cette demeure.

– Nous sommes allés une fois à Paris avec Matt, racontait Pat, fort aimable pour Audrey. Oh! je n'avais jamais vu ça... Il y avait des femmes partout qui... que... sur les trottoirs... Enfin..., vous voyez ce que je veux dire, qui... qui...

– Qui faisaient le tapin, quoi!

Le ton naturel d'Audrey fit piquer un fard à la prude Pat.

– C'était si... si...

Pat ne pouvait achever.

– Exotique!

Audrey était sincèrement amusée.

A cette boutade, tout le monde rit, de façons différentes. Pat émit un petit gloussement choqué, Matt un rire réservé, Bo celui d'un homme distrait. Audrey fut finalement la seule, avec bien entendu Monsieur Flint, à rire de bon cœur.

Elle s'arrêta, nerveuse. Bo entraînait Matt vers le garage à bateaux.

– Bon, alors, tu me le montres, ce vingt-cinq chevaux en rade...

La voix de Bo se perdit derrière les massifs de rhododendrons.

– Moi, je croyais que c'était le starter, dit Matt.
Un tournevis à la main et deux boulons entre les dents, penché comme un chirurgien sur le moteur, Bo réservait son diagnostic. Il ôta les boulons de ses lèvres.

– Hon-hon... Pour moi, ce serait plutôt les bougies ou les vis platinées...

Sur ces mots définitifs, il baissa la tête, plongea les mains pour atteindre, avec les gestes du parfait mécano, le point crucial et il lança d'un ton négligent :

– J'ai quelque chose à te demander, Matt. Peux-tu nous marier?

Matt comprit aussitôt. Il jeta un coup d'œil rapide en direction de la terrasse fleurie où Audrey était restée assise en compagnie de Pat.

– Tu la connais depuis longtemps?

Bo vissait un boulon dans le moteur.

– Avant-hier... Resserre donc le pignon.

– Vérifie l'allumage, rétorqua Matt, impassible... Et vous avez tout de suite..., heu...

Bo émit un grognement s'adressant à la bougie récalcitrante qu'il n'arrivait pas à placer dans l'orifice.

– Rien... Ça te déçoit?

Sans répondre aussitôt, Matt plongea un pinceau dans l'huile. Il se mit à badigeonner l'arbre de l'hélice, puis il se décida brusquement à donner une opinion que personne ne lui demandait :

– Tout ça ne te ressemble pas beaucoup. Elle te prend pour Billy Brown, cela a l'air de te plaire, et toi, qu'est-ce que tu sais exactement de cette fille?

– Peu de choses, répondit Bo, soudain vindicatif. Sinon que je vis depuis vingt ans auprès de gens dont je ne sais toujours rien...

Matt haussa les épaules :

– Ce n'est pas une réponse, c'est un paralogisme!

– Tu es pasteur, oui ou non?

Bo, agacé, brandissait au bout des doigts la bougie qu'il n'avait toujours pas réussi à placer dans le moteur.

– Mais...

– Il n'y a pas de mais. Tu habites au bout du monde. Si j'ai fait tout ce chemin un dimanche, c'est parce qu'on est pressés. (Il se reprit très vite.) Elle est pressée. Ici, il n'y a pas de délai d'attente comme dans le Michigan. Tu vas nous simplifier la paperasserie... (Bo regarda nerveusement sa montre.) J'ai encore sept heures de route pour rentrer demain matin... Alors, tu te décides, c'est oui ou c'est non...

– Mais je ne peux rien faire sans licence ni certificats sanguins! s'exclama Matt, triomphant. (Il se troubla aussitôt sous le regard glacé de Bo.) La loi, c'est la loi, mon petit vieux...

Le « petit vieux » ne se laissa pas démonter :

– On a réveillé Robert, le frère de William, ce matin à Traverse City, pour qu'il rouvre son labo et nous fasse les prises de sang... Nous avons aussi des licences toutes neuves. Alors, ne trouve plus de mauvaises raisons. Je te demande de me marier, marie-moi... C'est ton boulot, non?

Matt était réellement vexé. Il posa son pinceau. Tout en astiquant l'hélice d'un chiffon graisseux, il bougonna :

– Tu pourrais quand même m'expliquer un peu pourquoi vous avez le diable à vos trousses.

– Son père est mort en ne laissant que des dettes... Elle ne peut pas retourner en France à cause des créanciers et du fisc..., daigna expliquer Bo.

Il accompagnait ses paroles d'un long regard pour Audrey. Pleine de vie, elle dévorait à belles dents une grosse part d'apple pie : cette merveilleuse tarte aux pommes américaine, suave invention qu'aucun président des Etats-Unis n'avait songé à faire exporter par ses services secrets pour pacifier le monde.

– C'est quelqu'un de très bien, continua Bo, soudain inépuisable sur le sujet. Moi-même, je me suis trompé sur son compte... Je la prenais, au début, pour une Froggie aguicheuse et sans cervelle. Elle enseignait à la faculté de Nanterre, près de Paris...

– L'éducation sexuelle!... ironisa Matt.

– C'est le genre de réflexion qui donnent mauvaise réputation aux Américains, lança Bo d'un ton condescendant. (Il releva la tête de son travail.) Ouf, ce n'est pas trop tôt...

Le moteur faisait entendre un bruit réjouissant à l'oreille. Bo s'essuya le front du revers de sa manche et il continua en élevant la voix :

– Elle est professeur d'anthropologie. Elle a besoin de papiers pour pouvoir vivre et travailler aux Etats-Unis... Son visa de touriste est expiré. Si la police lui met la main dessus, on la vide du pays sans espoir de retour... Tu te rends compte qu'elle cherchait du boulot au noir dans les restoroutes!

Matt avait beau posséder le self-contrôle que lui avait légué un ancêtre « père pèlerin » venu d'Angleterre à bord du *Mayflower*, il ne put s'empêcher de s'exclamer :

– Tu ne vas quand même pas me dire que tu ne l'épouses que pour lui fournir une carte verte...

– C'est un des aspects de la question, rétorqua Bo.

Très digne, il s'accroupit en même temps pour se laver les mains dans l'eau du lac.

– Il paraît qu'à New York on peut acheter une carte de séjour et de travail pour six mille dollars!

Matt était plein d'espoir.

– Belle mentalité, mon révérend! ironisa Bo.

Matt se rapprocha de son ami :

– Tu pourrais peut-être lui avancer...

Bo se redressa, sérieux :

– Matt, il arrive un moment dans la vie où l'on a soudain besoin d'autre chose, d'horizons nouveaux... J'en ai ras le bol du vieux conformisme américain, envie de flanquer un coup de balai dans tout ça...

Sans même s'en rendre compte, il reprenait les propres mots d'Audrey.

– Oui... Ecoute... (Matt ne semblait pas convaincu.) Ce n'est pas à moi de te dire ça, mais enfin tu ferais peut-être mieux, d'abord... Tu vois ce que je veux dire... Cette Française, elle est très..., enfin pas du tout... C'est certainement facile de... de... sans se marier!

– C'est ce qu'on dit...

Bo repensait à ses échecs cuisants. Matt triompha :

– Alors, tu vois bien... Hop... et dans un an...

Bo l'interrompit :

– De toute façon, tu es hors du sujet. Je veux faire une expérience. Soudain, j'ai pris conscience du fait que je suis un privilégié... à passeport américain. Merde... Avec toutes ces taxes, on me la fait payer assez cher, ma nationalité de luxe... Alors, si j'ai envie de...

Matt émit un petit rire :

– Faire une bonne action!...

– C'est le mot parfaitement juste... Ça me regarde, non?

Matt se rendait compte que Bo croyait, ou voulait fermement croire, à son boniment.

– Bref, tu préfères l'épouser! soupira Matt.

Il était consterné.

Bo tourna le dos à son ami pour regarder l'immensité du lac. Couleur d'émeraude en cette heure de la fin de l'après-midi, le lac Huron s'étendait, brillant comme une pierre précieuse, jusqu'aux admirables forêts canadiennes.

– Il m'est arrivé quelque chose que je n'oserais dire à personne, Matt, sauf à toi... Je l'ai rencontrée *vendredi*.

Matt écoutait, immobile.

Bo insista :

– Avant-hier... Tu sais quelle date nous étions?

Matt hocha la tête :

– Bien sûr, le 12, cela fait un an que...

– J'ai rencontré Audrey le 12 à 4 heures de l'après-midi, juste à l'heure où Doris, il y a un an, s'éteignait...

La voix de Bo s'enroua dans sa gorge.

Matt respecta le silence qui suivit, puis il s'approcha de son ami :

– Ne te cache pas la vérité, Bo. Tu es sorti de la longue maladie de Doris, aussi épuisé physiquement que moralement...

Bo tourna la tête vers Matt. Celui-ci continuait, d'un ton très doux, mais au fond implacable :

– Ne te cherche donc pas de bonnes ou mauvaises raisons dans une superstition douteuse! Une fausse identité ou une soi-disant expérience! C'est tout simple, tu es resté trop longtemps seul, Bo. Ce n'est bon pour aucun homme, même pas pour un sacré type comme toi, acheva Matt avec un petit rire.

Il prit le bras de son ami et, tout en marchant, soupira encore :

– Enfin, tu es majeur et libre de faire une bêtise... Si vous avez vos papiers en règle, on peut voir... Mais je vais quand même te dire quelque chose, mon petit vieux. Dans la vie...

– Vas-y pour le sermon, mon révérend.

Bo, résigné, remontait en compagnie de Matt vers la maison rose.

– ON NE PEUT PAS AVOIR LE GATEAU ET EN PLUS LE MANGER!...

Comme par un fait exprès, Pat, appuyée à la rambarde, criait au même moment :

– Dépêchez-vous, les hommes, l'apple-pie refroidit!

La cérémonie fut expédiée sérieusement, mais rapidement. Dédoublée, Audrey suivait, voyait et entendait tout, comme s'il se fût agi du mariage d'une autre personne.

Matt avait passé une veste à col blanc sur son blue-jean. Il faisait ainsi beaucoup plus pasteur méthodiste, luthérien ou même quaker. Audrey ne savait pas exactement la religion qu'il représentait. Elle avait cru comprendre que Matt était un homme très important, qu'il avait fondé sa propre Eglise, la « Communauté des Enfants du Seigneur », et qu'il était suivi de nombreux fidèles appréciant son humanité, sa justice et ses bons principes.

Bref, Matt était une sorte de pape!

Cette liberté incroyable des cultes aux Etats-Unis – chacun pouvant inventer sa propre religion – stupéfiait, amusait et semblait à la fois un peu exagérée et même ridicule au jugement de Française cartésienne d'Audrey. Pour elle, il n'y avait que les grands cultes : catholique, protestant, juif, musulman, bouddhique!... Elle se reprit rapidement. Elle n'était pas là pour faire une enquête sur les mœurs des autochtones, mais pour surnager dans la tempête.

Elle jeta un coup d'œil en coin vers Bo. Incroyable : debout à côté d'elle, il tortillait d'un geste machinal le bout de sa moustache. Etait-il nerveux? Audrey se sentait maintenant, pour sa part, fort calme..., très calme..., peut-être trop calme!...

Pat et une corpulente voisine à la peau noire

servaient de témoins aux mariés. Monsieur Flint assistait à la cérémonie, assis dans un fauteuil.

Le discours et les prières de Matt venaient de se terminer par ces mots :

– Bénis, Seigneur, tes deux serviteurs et accorde-leur chaque jour ta nourriture terrestre et spirituelle...

Audrey fronça l'accent circonflexe de ses sourcils auburn. C'était complètement stupide, une émotion parfaitement idiote faisait battre son cœur. Audrey mordit sa lèvre supérieure et se força à récupérer son indifférence. Elle était là pour traiter une affaire – un business, comme les Américains savaient si bien dire – et rien d'autre.

Matt s'adressait à son ami :

– Beauregard Boldinger, voulez-vous prendre pour épouse Audrey Fronsac, ici présente?

Audrey entendit la respiration de Bo. Elle s'obligea à regarder la pointe de ses chaussures.

– Oui!

Le ton de Bo était ferme et décidé.

C'était son tour. Le cœur d'Audrey se remit à battre la chamade.

– Audrey Fronsac, voulez-vous prendre pour époux Beauregard Boldinger, ici présent?

Dans le silence qui suivit, Audrey écouta sa propre respiration.

Non, elle allait dire non, et en finir avec cette comédie qu'elle avait déclenchée. Elle sentit le regard de Bo qui se tournait dans sa direction.

– Audrey Fronsac, avez-vous compris ma question? répéta Matt, plein d'espoir. Voulez-vous prendre pour époux Beauregard Boldinger, ici présent?

Deux grives du lac passaient au-dessus de la baie en faisant résonner leurs cris aigus.

– *Oui!* entendit Audrey.

Elle comprit que c'était sa propre voix.

Matt fit un geste qu'Audrey ne saisit pas de prime abord. Pat, affolée, fouillait dans une boîte à couture. Elle en ressortit triomphalement deux anneaux de plastique vert.

Les alliances! Bien sûr, tout le monde les avait oubliées. Dans sa nervosité, la brave épouse du pasteur fit rouler sur la moquette une bobine de coton perlé. Croyant à un nouveau jeu, Monsieur Flint sauta de son fauteuil. Il aboyait joyeusement. Sur cette musique canine, Matt bénissait les alliances. Il les présenta à Bo.

Audrey sentit les mains chaudes et fermes de « son mari » qui prenaient avec autorité les siennes. Elle ne put réprimer un tremblement nerveux. C'était stupide!

Il s'en était aperçu. Audrey devina le regard insistant de l'homme sur son profil brusquement empourpré.

Ce fut très rapide, presque fugitif. Les doigts masculins et caressants enfilaient déjà l'anneau de plastique vert à l'annulaire gauche d'Audrey.

Elle regarda le sceau du « contrat » sur sa main et referma le poing.

De son côté, Bo passait maintenant le deuxième anneau à son propre doigt.

– Taisez-vous, Monsieur Flint! murmura Audrey.

Soudain, elle se sentait très fatiguée.

Matt terminait sa bénédiction :

– Je vous déclare unis par les liens du mariage.

Voilà, c'était fini. Bo et Audrey restaient debout, immobiles. Matt voulut être gentil :

– Vous pouvez vous embrasser.

Bo esquissa un geste pour se pencher vers Audrey. Elle se détourna aussitôt, faisant celle qui n'avait pas entendu la proposition de Matt, ni vu le mouvement de Bo.

– Que dois-je faire pour les papiers? interrogea-t-elle avec un irrésistible sourire pour Matt.

Le pasteur restait de marbre devant le charme de la Française. Franchement bourru, ne cherchant même pas à cacher sa méfiance, il répondit en grommelant :

– Je vous rends votre acte de naissance. Voilà votre certificat de mariage, vous pouvez aller le porter au consulat de France et commencer les démarches nécessaires, dès demain, à l'Immigration américaine...

– MER-VEIL-LEUX!

Audrey, rayonnante, se tournait pour la première fois vers Bo. Il lui adressa un sourire complice.

Après, tout se déroula très vite.

– Bien sûr, vous restez à dîner et... coucher?... proposa Pat avec un rien d'hésitation sur le dernier mot.

Audrey fut reconnaissante envers Bo de mettre aussitôt fin à la gêne ambiante :

– Merci, ma petite Pat, mais nous devons rendre le chris-craft ce soir et rouler toute la nuit pour rentrer à Mount Pleasant... Je bosse très tôt demain matin.

Audrey venait d'apprendre où habitait son mari. MOUNT PLEASANT, elle avait vu ce nom sur la carte. C'était une petite ville posée au centre du Michigan.

Dans le canot automobile qui fonçait vers le continent, Audrey ne pensait à rien. Elle se laissait ensorceler par la beauté sauvage, violente, immense et romantique du paysage admirable de ce lac Huron.

Le coucher d'un soleil rouge embrasait l'horizon. Tous les canards sauvages de la région semblaient s'être donné rendez-vous au ras des flots. Des milliers de gouttelettes irisées jaillissaient de l'étrave. Le parfum de la terre, odeur des pins blancs mêlée d'humus et de senteur d'aubépine, frappa les narines d'Audrey. Tout était fort, puissant et gigantesque, dans ce pays.

Même la nature ne ressemblait en rien à la campagne civilisée qu'Audrey avait laissée derrière elle, de l'autre côté de l'Atlantique.

Soudain, elle aima ce coin du monde.

Pendant la traversée, Bo était resté aussi silencieux que « sa femme ».

Absorbé par la conduite du canot, il fonçait à toute allure vers le continent. Le chris-craft abordait maintenant au quai.

Audrey précéda Bo dans un petit escalier de granit. Elle déposa Monsieur Flint à terre. Pressé par un besoin sans doute urgent, le french poodle se faufila rapidement entre les jambes de sa maîtresse. Celle-ci serait tombée à la renverse si Bo n'avait étendu les bras.

Sans savoir comment, Audrey se retrouva la tête appuyée contre la poitrine masculine. Bo portait son blouson et sa chemise largement ouverts sur une toison chaude et dorée. Une brusque émotion coupa les jambes d'Audrey. Cela faisait trop longtemps qu'elle n'avait plus été une vraie femme. Elle sentait les mains de Bo qui resserraient leur étreinte autour de sa taille. Furieuse de sa propre faiblesse, Audrey se dégagea presque brutalement pour se diriger vers le camion jaune.

Bo n'avait pas menti. La route du retour était longue, très longue.

Audrey ne vit pas les immenses forêts solitaires au clair de lune. Elle ne vit pas le gigantesque jet de ciment du Mac Kinac Bridge..., l'un des plus grands ponts suspendus du monde, reliant la péninsule nord du Michigan à celle du sud... Elle ne vit pas les cerfs farouches jaillissant devant les phares du camion, ni les putois, ni les écureuils, ni tous les petits habitants des immenses forêts... Audrey ne vit rien de tout cela... Monsieur Flint dans les bras, elle dormait à l'arrière du camion, vaincue par la fatigue.

Bo devait être fabriqué de la solide matière des pionniers, car il ne semblait pas touché par le sommeil. Seul à l'avant, il conduisait, imperturbable. Il jetait parfois un regard rapide dans son rétroviseur. Le miroir lui renvoyait l'ombre d'Audrey et du french poodle. Un léger sourire effleurait alors son visage.

Il pouvait être 4 heures du matin lorsque le camion entra dans un de ces agréables parcs résidentiels qui entourent les petites villes américaines. En homme qui connaît la route par cœur, Bo passa devant une maison vert pâle, une bleu ciel et une rose des Indes, avant d'arrêter son véhicule devant le garage d'une jolie maison blanche. Des colonnades, dites coloniales, entouraient le petit perron et montaient jusqu'au deuxième étage.

Bo s'étira avec le grondement du chauffeur satisfait d'être enfin arrivé.

L'anneau de plastique vert brillait à sa main gauche posée sur le volant. Bo l'ôta. Il le mit dans sa poche, puis il se retourna en souriant :

– Audrey... TERMINUS...

## UNE PETITE VILLE SI CALME

– Qu'est-ce que je fous là?

Audrey ouvrait les yeux sur les fleurs rouges et bleues qui tapissaient les murs d'une chambre inconnue.

Le soleil inondait la pièce. Monsieur Flint jappait dans un fauteuil.

Audrey se redressa dans ses oreillers. Peu à peu, la mémoire lui revint.

Ce matin à l'aube, Bo l'avait fait monter, tout endormie, dans cette chambre à lits jumeaux. Brusquement inquiète, Audrey tourna la tête vers le deuxième lit. La couverture n'était pas défaite, attestant que le propriétaire de la maison avait dû dormir ailleurs.

Audrey, soulagée, fit jaillir ses jambes fuselées des draps. Elle resta quelques secondes assise sur le bord du matelas, étirant ses bras, secouant sa masse de cheveux, puis elle se leva en chemisier rose et petite culotte transparente.

Le pantalon grenat qu'elle avait ôté la veille traînait sur la descente de lit. Audrey ne se donna même pas la peine de le ramasser. Il était tout chiffonné, de même que le tailleur enfoui en tire-bouchon dans le sac Vuitton. Audrey se contenta de prendre sa trousse de toilette. Après s'être trompée de direction et avoir ouvert la porte d'un placard, elle passa dans la salle de bains attenante à la chambre.

Un coup de peigne, un peu d'eau sur le visage et une noix de dentifrice passée du bout du doigt contre ses dents, Audrey se sentit mieux. Elle avait oublié sa robe de chambre au cabanon. Elle s'entoura pudiquement les hanches d'une large serviette-éponge orange. Suivie de Monsieur Flint tout guilleret, elle descendit sur une épaisse moquette frisée un escalier dont les murs étaient agrémentés de gravures anglaises.

Dans le petit hall blanc, une pendule marquait midi.

– Monsieur Boldinger!... appela Audrey, monsieur Boldinger... Etes-vous là?

Sans réponse de son « mari », Audrey jeta un coup d'œil vers le living-room spacieux et clair.

Quelques tableaux accrochés sur les cloisons beiges représentaient des paysages de glace et de neige, probablement des vues du Michigan en hiver.

Des fauteuils club et un gros canapé ventru, dit « queen size » – la taille de la reine – étaient disposés sur la même épaisse moquette, autour d'une table basse. Devant la fenêtre, une plante verte et de nombreuses revues.

C'était bien la vraie maison américaine, demeure confortable, peut-être un peu impersonnelle, en tout cas l'habitation d'un homme très seul.

De l'autre côté de la pièce, Audrey apercevait un bureau et des bibliothèques remplies de livres.

Il lisait beaucoup, ce camionneur!

Audrey passa dans le coin-cuisine ouvert sur le living. Un jappement affamé sortit de la petite gueule blanche de Monsieur Flint, à la vue d'un copieux breakfast aimablement préparé sur la table de formica vert.

Le regard d'Audrey fut plutôt attiré par un papier et des clefs de voiture posés bien en évidence dans une soucoupe. Audrey prit d'une main les clefs, de l'autre le mot.

Un billet de cinquante dollars, plié en deux, tomba de la feuille de papier. Audrey regarda alternativement la lettre et l'argent. Après avoir réfléchi, elle mit tranquillement les dollars dans la poche poitrine de son chemisier et elle lut :

*Vous dormiez encore quand je suis parti avec mon camion. Si vous voulez faire des courses, prenez la Chrysler bleue dans le garage. Je rentre du boulot vers 6 heures. A ce soir. Bo.*

P.-S. – *Bonne journée.*

P.-S. bis – *Vous aurez une surprise!*

Audrey, perplexe, releva la tête. Elle regarda d'un œil vague Monsieur Flint qui était monté sur la table et se tapait allègrement le petit déjeuner.

Soudain, mue par une décision, Audrey se leva. Dans le coin-bureau du living-room, elle s'assit à la table de travail et attira le téléphone. D'un regard vif, elle consulta le numéro inscrit sur l'appareil, puis elle composa de mémoire une dizaine de chiffres sur le cadran.

– Allô, Simone! fit Audrey en français.

– No... Ils sont tous partis dans Chicago, mais ne vous inquiétez pas, tout va bien, répondit une voix de femme américaine.

– O.K., madame Bronson... Vous lui direz que pour moi aussi tout va bien... Elle peut m'appeler au 235.11.49, code 312. Vous notez? Vous lui direz que... que je dois rester encore quelque temps pour arranger divers détails, mais que... qu'elle ne s'inquiète pas, je viendrai bientôt... Enfin, tout va bien, répéta Audrey.

– O.K. Bye bye...

Audrey raccrocha. Ses yeux gris passèrent sur les livres et les dossiers accumulés sur le bureau. Une lueur malicieuse brilla dans son regard.

Sans vergogne et avec la curiosité d'une chatte persane, elle ouvrit un tiroir et commença de prendre connaissance des papiers et des enveloppes qui s'y trouvaient...

La petite ville de Mount Pleasant mérite bien son nom. Elle est, sans nul doute, une des plus jolies du Middle West, avec ses gracieuses maisons de style vieille Angleterre, ses rues interdites aux voitures, ses pelouses bleutées, ses plates-bandes fleuries, ses cèdres centenaires et ses habitants dont les aimables manières semblent venues d'un autre siècle.

Après avoir marché avec Monsieur Flint au cœur de la cité et s'être offert un ice-cream à la vanille, Audrey reprit la Chrysler bleue.

Au lieu de se promener, elle aurait dû filer à Detroit faire établir dare-dare ses papiers, mais elle savait que la plupart des bâtiments officiels fermaient dès 16 heures. Ne connaissant pas bien le chemin, elle n'aurait pas eu le temps d'arriver, surtout dans les rues de cette monstrueuse ville de Detroit qu'elle haïssait.

Elle partirait demain matin très tôt et aurait ainsi la journée pour organiser son dossier. Elle déjeunerait à Detroit et rentrerait le soir pour faire signer les papiers nécessaires à sa carte verte par... son mari aux yeux de la loi : Bo Boldinger.

Tout en conduisant doucement, la pensée de David Crook effleura Audrey. Elle veillerait simplement demain à éviter de passer par Grosse Pointe, le quartier chic près de Detroit, où il habitait...

Arrivée à ce stade de ses pensées, Audrey freina devant l'entrée principale et les jardins à la française de l'université de Central Michigan. Les bâtiments en briquette romantique se déployaient sur des pelouses piquées de rhododendrons.

Audrey eut un sourire charmé, c'était réellement le genre d'endroit où l'on avait envie de faire des études jusqu'à la fin de ses jours.

Au moment de descendre, elle hésita encore : « J'y vais..., j'y vais pas? » D'un baiser sur son museau humide, Audrey interrogeait Monsieur Flint. Celui-ci frétilla de la queue. « J'y vais », décida Audrey.

Elle se jeta un rapide regard dans le rétroviseur. Un coup de salive sur les sourcils. Soudain d'une humeur très gamine, Audrey se sentit prête à affronter « l'ennemi ».

Elle sortit de la voiture en prenant toutefois la précaution de laisser Monsieur Flint, outré de tant d'injustice, sur la banquette arrière.

Vêtue maintenant d'un ensemble veste-pantalon crème agrémenté d'une écharpe turquoise, lui donnant un style très « Belle Américaine », Audrey hésita une seconde sur la direction à emprunter. Un groupe d'étudiants palabrait, livres sous le bras, dans une allée. Elle s'approcha d'eux pour leur demander le renseignement dont elle avait besoin. Les jeunes gens lui désignèrent aussitôt le portail du bâtiment principal et un escalier montant au premier étage. Audrey les remercia d'un gracieux sourire.

Tandis qu'elle s'éloignait dans la direction indiquée, elle entendit leur chuchotis et devina dans son dos des regards piqués de curiosité.

Audrey, amusée, pénétra dans le hall de l'université. Un dallage blanc et noir reluisait de propreté. L'inévitable buste de Lincoln paraissait surveiller les visiteurs étrangers.

Sans que personne lui demande rien, Audrey commença de monter les marches de marbre. Une voix légèrement déformée, quelque peu emphatique, qu'Audrey reconnut assez rapidement, résonnait sur le palier de l'étage.

– Il y avait une jeune fille devant lui, au milieu du courant, seule et immobile, regardant l'Océan... Elle ressemblait à un être que la magie aurait transformé en un étrange et bel oiseau de mer...

Dans le plus grand amphithéâtre de l'université, bourré à craquer cet après-midi, on aurait entendu une mouche voler. Les cours de socio-biologie de Beauregard Boldinger étaient toujours les plus suivis. Un peu cabotin, rempli d'humour, le geste large et la parole vive, Bo, sur l'estrade, professeur vedette, ne ressemblait plus en rien au camionneur du week-end.

Bien que toujours moderne, il était vêtu avec soin d'un costume bleu chiné qu'il portait sur un pull-over à col roulé d'un bleu plus légèrement pâle.

– ... Quand elle ressentit la présence et l'adoration des yeux du jeune homme, elle se tourna vers lui, supportant calmement son regard... L'IMAGE DE CETTE JEUNE FILLE AVAIT PÉNÉTRÉ SON

AME A JAMAIS ET NUL N'AVAIT ROMPU LE SILENCE DE SON EXTASE...

Arrivé à ce stade de sa conférence, Bo, satisfait de « tenir » son auditoire, marqua une assez longue pause. Un craquement prolongé résonna dans la salle. Mécontent d'être dérangé par un élève retardataire, le regard de Bo se porta au loin vers le fond de la salle.

La tête auburn d'Audrey apparut par l'entrebâillement du haut battant. Voulant jouer la discrétion, elle entrait dans l'amphithéâtre sur la pointe des pieds.

C'était raté. Les visages des étudiants brusquement distraits par cette arrivée intempestive, se retournèrent dans sa direction. Quelque peu gênée de déclencher une telle curiosité, Audrey chercha rapidement une place.

Tout paraissait plein. Que faire? prendre honteusement la fuite ou chercher calmement un siège? Digne fille de Jeanne d'Arc, ne reculant jamais, Audrey opta pour la deuxième solution. En milieu de salle et milieu de rang, un fauteuil vide semblait l'attendre. Les étudiants se soulevaient de leur siège pour la laisser passer.

– Pardon..., pardon..., excusez-moi, chuchotait Audrey, comme au cinéma.

Dans le silence, Bo fusillait Audrey du regard. Elle s'assit enfin. Légèrement essoufflée, Audrey se fit toute petite et regarda le conférencier. Elle faillit pousser un cri. « Voilà la surprise! »

Il s'était coupé barbe et moustaches! Rasé de près, Bo faisait à la fois plus jeune et plus sérieux. La barbe lui donnait un côté beau mâle contestataire, le visage glabre laissait apparaître des traits fins et volontaires, le changeant en intellectuel distingué.

Sur l'estrade, Bo reprenait son exposé avec le rien d'emphase nécessaire à sa position :

– En décrivant cette partie de l'éthologie humaine, dans une culture de tradition romantique, James Joyce a fait là un tableau sans doute remarquable, mais peut-être faux... Car l'être humain montre une forte tendance à créer des « passages » qu'il lui faut franchir rituellement pour aller d'un type d'existence à un autre...

Bo marqua une légère pause. Son regard se croisa avec celui d'Audrey. Il était impossible à la jeune femme de savoir si Bo était satisfait ou mécontent de sa présence et de sa découverte.

Soudain nerveuse de s'être stupidement mise dans un piège, Audrey remarqua quelques étudiants qui chuchotaient en la dévisageant. Elle entendit distinctement son voisin, un jeune moustachu, qui se penchait pour interroger à voix basse le petit rouquin assis devant lui :

– Tu sais qui c'est?

– Lili est arrivée ce matin en disant que... Française...

Audrey perdit la fin du chuchotement. Elle reporta son attention sur le conférencier et se laissa aller au charme et à l'intérêt qu'il savait susciter chez son auditoire.

– ... prolongement du darwinisme. Notre calcul socio-biologique est simple : deux mille générations, en gros, le temps qui s'est écoulé depuis l'homo sapiens, suffisent pour créer une espèce nouvelle et pour façonner son anatomie et son comportement...

Bo prit une respiration. Il mit ses lunettes pour désigner un tableau dessiné avec différents traits de couleur.

– Vous pouvez vous rendre compte ainsi que les gènes déterminant la plupart des activités humaines : *altruisme, religion, agressivité, sexualité,* seront différents chez un Chinois, un Africain, un Japonais, un *Américain* ou un *Français*... Notre héritage socio-biologique et moléculaire est différent... L'anthropologue devra admettre que, devant le même fait, notre attitude ne sera pas la même...

Le regard de Bo « passa » sur Audrey. La jeune Française, imperturbable, alluma une cigarette. Elle voyait très bien où l'habile conférencier allait..., improvisant le cours à son intention, brillant, humoristique, possédant visiblement son sujet à fond.

– Je prends pour exemples les simples gestes d'allumer une cigarette, de croquer une pomme ou de *recueillir un auto-stoppeur...* Ils vous montreront que, dans un groupe d'individus appartenant à la même espèce, l'environnementalisme peut vous mener au critère essentiel de la société qui est l'existence même, entre les membres, de communications de nature coopérative allant au delà du simple *rapprochement physique...*

A ces mots, Audrey se pencha pour écraser de deux doigts sa cigarette sous l'un de ses talons. Sur l'estrade, Bo ôtait ses lunettes. Il changea de ton et de rythme :

– Jeudi prochain, nous nous attarderons sur la *socio-biologie consacrée à l'évolution génétique de notre attirance sexuelle...*

Quelques applaudissements soulignés de sifflets éclatèrent. Bo referma d'un geste sec ses dossiers. Son porte-documents à la main, il descendit de la scène.

Un groupe d'étudiants, très excités par le sujet et le débat qu'il pouvait susciter, entoura aussitôt le Pr Boldinger. Ils parlaient tous ensemble :

– Dans les étapes du cycle vital...

– Professeur Boldinger, dans votre dernier livre...

– Peut-on tester la nature humaine?

– Que pensez-vous de Lorenz?...

– Pour le comportement social...

– La civilisation est-elle limitée aux primates humanoïdes?

– Le comportement homosexuel serait-il associé à la spécialisation des tâches?

– En juxtaposant biologie et morale...

– Freud n'aurait-il pas dit que...

– La similitude de structures anatomiques...

Bo, souriant, écarta gentiment mais fermement le groupe compact de jeunes gens :

– Non, Freud a dit exactement que « pour la nature humaine, Dieu s'était rendu coupable d'une œuvre imparfaite et de mauvaise qualité... »

En disant ces mots, Bo regardait Audrey qui était restée dans la salle maintenant presque vide. Les cheveux illuminés par un rayon de soleil, son irrésistible et mystérieux sourire sur les lèvres, elle paraissait lointaine, entourée, comme une extraterrestre, de ce halo lumineux. Elle semblait absente, mais de « qualité parfaite ».

D'un pas décidé, Bo se dirigea vers elle :

– Félicitations à Sherlock Holmes...

Les paupières légèrement plissées, Bo dévisageait Audrey avec intérêt. Visiblement, le fait qu'elle l'ait découvert l'amusait. Il se pencha, plein de charme. Allait-il l'embrasser comme ça, devant tout le monde?

– Au fond, je me demande si je ne vous préférais pas en camionneur barbu! lança Audrey.

C'était aussi bien pour le faire enrager que pour couper court à tout attendrissement.

Bo éclata de rire :

– C'est le risque! Prestige du manuel sur l'intellectuel... Coup classique!

Dans l'escalier, Bo prit tranquillement le bras d'Audrey.

– J'aimerais bien que vous me racontiez comment vous m'avez retrouvé?

– Oh! une idée... J'ai demandé aux voisins, mentit Audrey.

– La maison de droite ou de gauche? interrogea Bo d'un ton négligent.

Audrey sentait la force tranquille et musclée de ce bras masculin contre le sien. Elle avait l'impression qu'il la serrait un peu trop contre sa poitrine. Les jambes d'Audrey s'amollirent.

Elle n'allait quand même pas trébucher dans tous les escaliers chaque fois qu'il la toucherait!

– Je ne sais pas, la verte, je crois, répondit Audrey en se dégageant de la douce étreinte.

Ils étaient arrivés dans le hall du rez-de-chaussée. Un groupe d'étudiants salua Bo d'un cordial « Hello! ». Audrey leva la tête vers son compagnon :

– Vous savez que je suis désolée...

– Il ne faut pas. Vous auriez bien découvert un jour ou l'autre ma coupable activité...

Pince-sans-rire, Bo plissait des yeux charmeurs. Audrey sourit, vindicative. Elle ne se sentait à l'aise avec lui que dans la bagarre.

– Non, je voulais parler de votre théorie... Franchement, je la trouve aussi sexiste que raciste...

L'attaque était virulente. Bo s'arrêta, sur place :

– Mon pauvre petit, vous n'avez strictement rien compris à la socio-biologie...

Il prenait un ton d'un paternalisme supérieur auquel se mêlait un amusement légèrement condescendant.

– N'est-il pas légitime de se demander, à travers la science, dans quelle mesure notre comportement est influencé par ce que nos ancêtres ont été, et pour quelle raison nous sommes devenus ce que nous sommes?

– Ce qui reviendrait à se demander pourquoi l'on fait ce que l'on fait?

Tête levée vers Bo, Audrey avait, sans y prendre garde, élevé la voix.

Deux groupes d'élèves et de professeurs écoutaient avec curiosité cette discussion pour le moins bizarre entre ce couple que la rumeur publique disait mariés de la veille.

– Parfaitement. (Bo s'énervait.) Et, comme notre cerveau est aujourd'hui, à peu de chose près, le même que celui de Cro-Magnon, je peux en arriver à me demander dans quelle mesure...

Pour l'asticoter, Audrey l'interrompit :

– Votre propre comportement n'est pas encore assujetti aux structures primitives dont vous avez hérité sur le continent...

Bo avait dû comprendre le jeu. Il leva les yeux au ciel.

– Je me demande bien pourquoi je discute cette question avec vous.

Sans plus s'occuper d'Audrey, il se remit en marche à grandes enjambées.

Dans la cour, son ami William distribuait aux étudiants des places pour une manifestation théâtrale. Le bon gros Will, professeur lui aussi à Mount Pleasant, n'avait plus rien du kayakeur de la veille. Son torse trapu pris dans un veston vert, il portait, sur ses jambes légèrement arquées, le pantalon à carreaux, court sur les chaussettes blanches, fort apprécié de l'Américain moyen.

– Bonjour, Will, lança de loin Bo, très « professeur Boldinger ». J'aurai besoin pour jeudi d'un film que tu possèdes, je crois à la cinémathèque.

– Lequel, Bo?

Tout en répondant, William ne put s'empêcher de lancer un regard curieux vers Audrey qui restait « en carafe » à trois pas derrière Bo.

– Le groupe d'anthropoïdes à Sumatra.

William abandonna son groupe d'élèves :

– Je ne suis plus sûr de l'avoir... Tu veux qu'on aille vérifier?

Les deux orangs-outans mangeaient à pleines mains des gâteaux. Ils s'empiffraient littéralement.

Assise seule au deuxième rang de la petite salle de projection, Audrey regardait l'écran sans qu'aucune expression se marquât sur son visage, ni intérêt ni ennui. Elle observait simplement un documentaire.

Bo et William étaient assis dans le fond de la salle près d'une petite table où brillait une lumière. William prenait des notes sur un carnet :

– Compris, Bo, on te fera un montage avec, en plus, les gorilles de Bornéo...

Bo se levait :

– Merci, mon vieux... (Soudain, il se ravisa.) Hem... As-tu dit quelque chose à ta fille ?

– Heu!... tu sais, Lili...

William, affreusement gêné, piquait du nez dans son carnet.

– Parce que les nouvelles vont bien vite à l'université! ne put s'empêcher de lancer Bo, mi-figue, mi-raisin.

Des cris d'amour lui firent relever la tête. Sur l'écran, les deux orangs-outans s'en donnaient maintenant à cœur joie. Ils se bécotaient. Le mâle lutinait sa femelle qui glapissait de bonheur.

– Tu aurais dû me dire que tu ne voulais pas prévenir l'université de ton..., murmura William, désolé.

– La question n'est pas là... (Bo élevait la mauvaise foi à la hauteur d'une institution.) Mais j'aime garder mon libre arbitre quant à la décision d'information des populations.

Des cris significatifs arrêtèrent cette splendide démonstration. L'esprit visiblement ailleurs, Bo et William lorgnaient l'écran sur lequel les deux orangs-outans faisaient maintenant, et avec beaucoup de satisfaction réciproque, l'amour.

– Tu sais, Bo..., chuchota William, comme frappé d'une idée... Il n'y a pas que Lili à avoir parlé, c'est difficile de nos jours de se marier sans que ça se sache. On ne peut pas avoir le gâteau et en plus le manger, quoi!

Bo répondit sur le même ton :

– J'ai déjà entendu ça quelque part! Mais je suis libre et majeur, et s'il y a bien deux choses que je déteste au monde, ce sont les commérages et l'indiscrétion.

De plus en plus embêté, William désigna Audrey du menton :

– Tu sais, elle ne passe pas inaperçue, ta Française...

« Il a raison, je deviens con... », pensa Bo.

Il sursauta. La lumière dans la salle venait de se rallumer. Audrey s'était retournée. Elle souriait :

– Merci pour le film porno...

Contre toute attente, Bo éclata de rire.

Elle ne faisait jamais rien de ce qu'il attendait... Elle ne disait jamais rien de ce qu'il pressentait... Elle n'agissait jamais comme il le prévoyait, et elle était devenue maintenant, pour le meilleur et pour le pire, Mme Beauregard Boldinger...

## LA MÉPRISE

Au fond, Mme Parker s'ennuyait dans son paradis. A part les enfants, elle possédait tout ce que, petite fille à Battle Creek, elle avait toujours désiré : un gentil mari, une belle maison, tous les appareils ménagers qu'une femme normale pouvait convoiter, du réfrigérateur le plus moderne crachant tout seul des piles de glaçons aux machines à laver, repasser, éplucher, cirer, piler, gratter, qu'elle échangeait chaque année pour le modèle de taille, bien entendu, supérieure.

Cette élévation très nette de niveau social n'y changeait pourtant rien : Mme Parker s'ennuyait à périr dans la si jolie résidence des « Oiseaux de l'Université ».

Il ne se passait jamais, jamais rien à Mount Pleasant!

En hiver, la neige! En été, la chaleur humide du Middle West! A part ça, rien!

Or, pour la première fois depuis longtemps, Mme Parker, tout excitée, attendait le retour de son voisin, le Pr Beauregard Boldinger : un homme bien comme il faut, assez froid et distant, surtout depuis la mort de sa femme que Mme Parker avait peu connue, n'étant arrivée aux « Oiseaux » que depuis dix-huit mois.

– Zizou... Zizou.., as-tu entendu ce qu'ils viennent d'annoncer à Radio Mount Pleasant?

Un petit chauve à lunettes remontait en chaussettes de son atelier de bricolage.

– Non, Emmy.

– Le Pr Boldinger vient de se remarier, avec une Française... Habille-toi, je me mets des rouleaux chauds pour me friser... Nous irons leur offrir nos félicitations... Une Française, je me demande comment elle peut bien être! Oh!... les voilà..., les voilà... Regarde, Zizou...

Mme Parker souleva, avec le plus de discrétion possible, le rideau du « french window » de son salon.

Tête contre tête, les Parker lorgnaient avec curiosité Bo et Audrey qui se garaient l'un derrière l'autre devant le garage de la maison blanche.

– Il s'est rasé la barbe pour lui plaire, Zizou..., chuchota Mme Parker à l'oreille de son mari.

Totalement inconscient de l'intérêt qu'il pouvait provoquer chez ses plus proches voisins, Bo sortit rapidement de son camion pour aller ouvrir devant Audrey, la portière de la Chrysler.

– Madame est arrivée!

Souriant et charmant, Bo faisait le réceptionniste

de grande maison. Cette amabilité alarma Audrey. Au moment de sortir de son « abri » à quatre roues, elle eut un imperceptible mouvement de recul. Bo lui tendait la main. Elle posa ses doigts dans la paume tiède qui s'offrait, puis les retira très rapidement.

Tandis qu'elle remontait l'allée en direction du porche à colonnes, Audrey prit le prétexte de Monsieur Flint pour s'attarder près d'un bosquet.

L'esprit de plus en plus confus, elle entendait Bo qui lui faisait les honneurs du jardin.

– J'ai laissé tout aller à vau-l'eau, juste tondu la pelouse et entretenu ce qui était déjà en place... Mais peut-être pourrions-nous planter les fleurs que vous préférez?

– Hon-hon...

La réponse d'Audrey n'était pas compromettante. Sans se laisser décourager par un mutisme qu'il mit sur le compte d'une brusque timidité, Bo continua de pérorer un moment sur les avantages indubitables qu'il y avait à semer les fleurs à pistil en avril et les fleurs à étamines au mois de mai! Sans opinion sur la question, Audrey suivait à petits pas le maître de céans vers le porche de sa demeure.

N'était-elle pas bien innocente d'accepter de « vivre » si facilement les quelques jours nécessaires à ses papiers avec Bo? Quelles étaient les intentions exactes de l'homme qu'elle avait épousé? Ses admirables yeux gris soudain assombris, Audrey regardait la nuque dorée et bronzée de Bo, penchée sur la serrure de la porte.

Il se redressa, toujours souriant :

– La tradition voudrait que je vous porte dans mes bras...

C'était on ne peut plus galant, peut-être un rien forcé.

Audrey décida de jouer la décontraction :

– La tradition, c'est bien démodé...

– Vous avez raison. (Bo n'était pas contrariant.) L'an 2000 est pour demain, et, ma foi, vivons le XXIe siècle dès aujourd'hui.

En prononçant ces mots définitifs, qui pour un homme si intelligent ne voulaient pas dire grand-chose, Bo se débarrassa de la serviette de cuir noir sur une console du petit hall blanc, puis il referma la porte d'entrée derrière Monsieur Flint et Audrey.

De plus en plus indécise sur la conduite à adopter dans cette maison étrangère, la jeune Française fit un pas en direction de la cuisine. Bo arrêta son mouvement :

– Que diriez-vous de fêter tout cela?... Hon? J'ai retenu une table dans un restaurant français... Cela vous plaît?

De son geste habituel, Audrey secoua sa masse de cheveux. Bo interpréta ce mouvement par un oui définitif.

– Parfait...

De très bonne humeur, il se dirigeait vers le living-room :

– On s'offre un verre?

Audrey le suivit, plus décontractée.

Un verre à la maison, un dîner en ville... Pour le moment, le programme n'était pas trop dangereux.

Derrière le bar, d'une humeur au beau fixe, le mari d'Audrey remplissait un shaker :

– Comme je n'ai plus de *Pommery* à vous offrir, je vais vous faire ma grande spécialité vitaminée, un jaune d'œuf, du lait, un verre de menthe, du coca-cola, trois mesures de jus d'ananas, de l'essence de poireau, un navet écrasé et, pour finir, ajouta Bo, très gentil..., exceptionnellement et uniquement parce que vous venez du pays le plus alcoolique du monde, un soupçon de vin rouge de Californie!

Audrey ne put réprimer un haut-le-cœur.

Sans paraître l'avoir remarqué, Bo emplit deux grands verres de la boisson colorée. Avec les gestes du parfait barman, il ajouta de la glace pilée, piqua une fleur, un zeste de citron et une feuille de menthe, puis il tendit le tout vers sa femme :

– Et voilà... Tchin... Comment dites-vous déjà, les Français? *A vos amours!*

Il avait dit les derniers mots en français. Audrey leva son verre en même temps que lui. Par pure politesse et tandis qu'il buvait son horrible breuvage, elle trempa ses lèvres avec la méfiance d'un écureuil roux. A son grand étonnement, l'épouvantable mixture était délicieuse. Tout en restant debout, Audrey sirotait à petites gorgées.

– Je mets une cravate et on y va, décida Bo en s'asseyant dans le vaste canapé « queen size ».

– Hon... hon...

Audrey ne bougea pas.

– Ne vous changez pas. Vous êtes parfaite.

Bo regardait avec un intérêt évident la fine silhouette d'Audrey, moulée dans l'ensemble-pantalon crème.

– Bof..., se contenta de répondre Audrey.

Bo but une gorgée.

– Non, non..., cette couleur vous va merveilleusement, elle met en valeur votre teint et vos cheveux... Quelle est la nuance exacte? Brun-rouge... Enfin, en France, comment dit-on exactement?

– Bof..., auburn, je crois...

Le verre à la main, Audrey s'appuyait contre le bar.

– Un mot anglais. Voyez comme nous vous avons colonisés, par le langage... Allons, vous êtes beaucoup trop loin... pour parler étymologie... Venez un peu là.

Bo, souriant, tapait du plat de la main sur les moelleux coussins du canapé.

A regret et réellement du bout des fesses, Audrey prit place à ses côtés.

La grande offensive charme était déclenchée.

Très galant, Bo se pencha aussitôt vers Audrey :

– Ce n'est pas un compliment à la légère. Vous ne pouvez pas passer inaperçue... Si, si..., je vous assure. Je l'ai aussitôt remarqué la première fois que je vous ai vue... Il n'y a qu'une Parisienne au monde pour avoir tant de chic et porter aussi bien la toilette, ajouta Bo, bassement flatteur.

Il laissait aller négligemment sa main sur la cuisse d'Audrey, comme s'il eût été un spécialiste de haute couture désireux de tâter un tissu rare.

– Oh! c'était ce qui m'allait le mieux dans le placard! répondit Audrey sans se troubler.

Bo arrêta brusquement son manège :

– Quel placard?

D'un regard, Audrey désigna le plafond :

– Là-haut... Peut-être que vous ne le savez pas, c'était plein de trucs assez tartes, mais celui-là n'était pas trop moche.

Bo, mécontent, se leva brusquement. Il fit deux pas vers la fenêtre.

– Vous auriez pu au moins me demander la permission...

– Je ne vois pas pourquoi vous déranger avec des vieilles fripes comme ça!

– Ce sont les vêtements de ma femme!

– Je l'ai bien pensé!

A cette réplique lancée d'un ton très naturel, Bo se retourna, soufflé. Il s'attendait à de plates excuses, du genre : « Je ne savais pas, je suis tellement désolée, de cette erreur. Veuillez m'excuser... » Au lieu de cela, elle reconnaissait froidement sa « gaffe ». De plus, le fait qu'elle ait osé attaquer de front le goût de Doris en matière vestimentaire exaspéra Bo d'une colère aussi froide que stupide.

– Ecoutez, je trouve d'un goût assez douteux que vous portiez les affaires de...

– Quelle importance!

Audrey haussait les épaules.
– Cela en a pour moi! rétorqua Bo sèchement.
Elle leva les yeux au ciel :
– Votre fétichisme est consternant!
Cette fois-ci, Bo avait du mal à ne pas éclater :
– Votre sans-gêne est stupéfiant!
La rougeole entre eux avait repris, plus virulente que jamais. Soudain à l'aise dans l'hostilité, Audrey se leva pour aller vider ostensiblement son verre dans le petit évier du bar.
– Vous n'aviez même pas reconnu ces vêtements! Cette vénération outrée jointe à une hypocrisie congénitale rejoint un attachement morbide et exclusif pour le culte de la disparue... Façon classique de se disculper...
Un petit rire moqueur acheva de rendre Bo fou de rage.
– Je n'ai aucun attachement morbide. Je vous « suggère » simplement, par bienséance, de retirer ces vêtements...
Il martelait tous les mots, résistant à l'envie irrésistible de lui flanquer la gigantesque raclée qu'elle méritait.
D'autant plus furieuse qu'elle savait, quelque part au fond d'elle-même, avoir tort, Audrey répondit sur le même ton :
– Je n'aime pas vos « suggestions », et je ne ferai que ce qu'il me plaira de faire!

Ce fut juste l'instant que choisirent M. et Mme Parker pour venir gratter à la porte de la maison blanche. Ils apportaient un gros château au chocolat, avec inscrit dessus : *Congratulations.*
Toute frisottée par ses rouleaux chauds, Mme Parker souriait béatement, heureuse de la surprise qu'ils allaient faire à leur voisin.
Elle sursauta. La voix de Bo tonnait à travers le battant :

– Ça suffit, maintenant. Déshabillez-vous!

– Vous voulez que je retire tout? C'est ça?... C'est bien ça? hurlait d'un ton aigu Audrey.

– Immédiatement, vociféra Bo. Je ne vous le répéterai pas deux fois... Otez tous ces vêtements!

Mme Parker en avait le souffle coupé. Elle jeta un regard brillant vers son mari. Ce n'est pas ce pauvre Zizou qui lui aurait commandé des choses pareilles!

Inconscient de l'émoi de sa femme, M. Parker chuchota à son oreille :

– Nous dérangeons. Il vaut peut-être mieux revenir plus tard, Emmy... Des jeunes mariés!...

A l'intérieur de la maison, le vacarme était à son comble. Les « jeunes mariés » avaient gagné le hall. Monsieur Flint, croyant à un nouveau jeu, jappait sur les marches.

– Ce serait des choses que vous feriez en France? claironna Bo en guise d'insulte.

Audrey se retourna dans la cage d'escalier :

– On n'est pas si cons en France... Tenez..., voilà et voilà... Etes-vous satisfait?

Bo ne s'y attendait pas. Dans un numéro de strip-tease, dont la rapidité n'excluait pas le charme, Audrey arrachait rageusement les vêtements du drame. Elle ôta l'écharpe, la veste, le pantalon et lança le tout, roulé en boule, vers le hall.

Tête levée vers Audrey, Bo reçut le paquet en pleine figure.

En petite culotte transparente, ne dissimulant guère son triangle ombré, le minuscule soutien-gorge dégageant ses seins fermes et plantureux, Audrey, vindicative, interrogea encore :

– Vous ne voulez pas le reste, non?

Puis elle se détourna et, suivie de Monsieur Flint, monta, avec la dignité outragée de la reine de Saba, les dernières marches de l'escalier.

A ce spectacle, la rage de Bo avait laissé la place à un autre sentiment. Son regard insistant accompagnait la silhouette dénudée d'Audrey.

Etait-il idiot de se disputer pour une chose aussi stupide! Peut-être avait-elle raison et cherchait-il à s'abriter derrière de faux remords?...

Lorsque Doris était morte, n'avait-il pas, au fond, malgré son chagrin, poussé un soupir de soulagement devant sa trop longue agonie...

Le sang de Bo circulait fort, brûlant, dans ses veines. Il était heureux d'être vivant. Ses tempes bourdonnaient. Il désirait cette femme là-haut et, comme un imbécile, tout ce qu'il avait trouvé à faire et à dire était de la vexer, de la rendre folle furieuse et de l'éloigner avec des mesquineries.

Bo revint vers le living-room. Il jeta distraitement l'ensemble crème, objet du scandale, dans un fauteuil et se reversa à boire au bar.

La sonnerie du téléphone interrompit son geste.

– Hello...

Allô..., fit une voix féminine à l'accent français. Je voudrais parler à Audrey... Audrey Fronsac...

– Oui... Ne quittez pas.

Bo, étonné, déposa l'appareil sur une table et il se dirigea vers le hall :

– Audrey, téléphone... C'est pour vous...

– Je descends, répondit aussitôt la voix d'Audrey.

– Non, prenez là-haut, dans ma chambre... La porte en face de la vôtre.

Bo revint vers l'appareil et appuya sur un bouton. Quand il entendit qu'Audrey avait pris la communication à l'étage, il raccrocha. Une seconde, il avait eu la tentation d'écouter le début de la conversation entre les deux femmes. Que lui voulait cette amie? D'où téléphonait-elle? Qui était-elle? Peut-être simplement une relation d'affaires? Si elle appelait ici, cela voulait dire, en tout cas, qu'Audrey lui avait donné le numéro. Quand cela? Ce matin probablement. Après tout, c'était normal. Audrey était bien libre de téléphoner si elle le voulait...

Bo, agacé, se regarda dans une glace. Voilà qu'il devenait aussi ombrageux qu'un macho sicilien!

Tout cela était stupide, il avait fait une affaire et entendait simplement respecter le contrat.

Oubliant son verre plein, Bo se dirigea vers l'escalier.

– Non, non..., ne t'inquiète pas, Simone... Oui... Non..., tout est arrangé.

Audrey parlait en français. Bo comprenait vaguement le sens et quelques mots au hasard.

– Oui, mais oui, chérie... Je te dirai comment... Rassure-les... Je reviendrai bientôt... O.K... Je te donnerai mon nouveau numéro... Tchao...

Audrey raccrocha.

Elle resta un instant pensive, regardant sans les voir les murs de cette chambre jaune.

Appuyé dans l'embrasure de la porte, Bo considérait Audrey. Elle était assise, les jambes croisées sur le bord du vaste lit. Son buste, drapé dans une large serviette de bain turquoise, se redressa lentement dans un mouvement à la fois gracieux et terriblement lascif. La serviette s'écarta, découvrant le haut de ses cuisses et la partie délicatement charnue de ses fesses.

Bo toussota :

– Hem... Tout va bien? vous avez eu votre téléphone?

Sa voix était plus basse qu'à l'habitude.

Audrey avait relevé la tête.

– Oui, merci..., merci beaucoup!

Elle se redressait, longue et fine, tenant bien serrés les pans de sa serviette sur ses seins.

– Je suis prête dans cinq minutes.

Elle se dirigea aussitôt vers la porte pour rejoindre sa chambre à lits jumeaux de l'autre côté du couloir et elle marqua une hésitation. Bo tenait la sortie. Il ne fit pas un mouvement pour s'écarter.

– Pardon...

Audrey s'aplatit de profil, afin de passer le plus loin possible du propriétaire des lieux. Celui-ci se contenta de lever un bras qu'il appuya d'un air nonchalant de l'autre côté du montant, juste devant Audrey.

La route était coupée.

– Après tout, nous ne sommes pas si pressés! murmura Bo d'un ton câlin.

Audrey devint un peu nerveuse :

– Vous avez retenu la table pour quelle heure?

– Nous avons le temps...

Cette réponse ambiguë ne rassura pas Audrey. Agrippée à sa serviette, elle voulut baisser la tête pour s'échapper sous le bras de Bo. Il avança une jambe, lui rendant toute retraite par en dessous impossible. Dans le même mouvement, et pour plus de précaution, il leva l'autre bras qu'il appuya à son tour de l'autre côté de la porte.

Audrey était prisonnière.

– Ne vous inquiétez pas, on nous gardera notre table, promit Bo.

Il était bien question de table!

– Je crois que..., commença Audrey.

Elle s'interrompit. Bo penchait sur elle sa haute taille. Coincée entre la porte et sa poitrine, Audrey ne pouvait pas bouger. Les yeux bleus se plissèrent, amusés. Il la détaillait tranquillement, la respirait, mais ne la touchait pas encore.

Une chaleur troublante montait dans les reins d'Audrey.

« C'est aberrant, je suis comme une jeune fille à son premier baiser! »

– Il vaut mieux y aller maintenant, balbutia Audrey tout haut avec le courage de sainte Geneviève repoussant de Paris les hordes d'Attila... Après... Après, je vous assure qu'on n'aura plus de place.

Elle faillit pousser un gémissement de plaisir. D'un pouce très doux, comme un peintre ou un sculpteur, Bo caressait son cou. Il allait remontant du petit creux de la base vers l'oreille, suivant une ligne courbe et redoutablement excitante.

– Quel terrible caractère... C'est donc ça, la fameuse furia francese? murmura Bo, avec l'assurance tranquille du mâle sûr de lui.

Il se pencha un peu plus sur Audrey, vaincue. Ses lèvres aux formes sinueuses effleurèrent d'abord la tempe féminine. Elles descendirent ensuite vers la joue veloutée, le délicat coquillage de l'oreille.

« Je suis perdue..., une pauvre nana en chaleur... », pensa encore Audrey avec désespoir.

Elle renversa la tête en arrière, vaincue. Elle voulait oublier tout. Elle se laissait aller au plaisir de sentir sur son corps des mains d'homme, des mains soudain nerveuses, autoritaires et expertes.

A travers le tissu-éponge, Bo caressait ses seins. Sûr de son pouvoir maintenant, il avança un genou entre ses cuisses.

Audrey haletait légèrement. Leurs souffles se mêlaient.

C'était le moment.

Certain de sa victoire, Bo brusqua les choses. Avec une sorte de grondement, il voulut en même temps prendre la bouche d'Audrey et arracher de son corps la serviette turquoise.

Au moment de sombrer, Audrey eut un sursaut in extremis.

Que croyait-il, ce sauvage?... Qu'il l'avait achetée?... qu'il avait réellement sur elle puissance de mari?

Audrey, pantelante, détourna la tête au moment où les lèvres de Bo allaient toucher les siennes.

Accrochée de toutes ses forces au minuscule rempart du tissu-éponge, elle eut la force de protester :

– Non, laissez-moi, Bo... Je vous en prie... Je vous dis de me laisser... Attendez..., j'ai une *idée*..., on va...

Elle donnait de petites tapes pour essayer d'écarter les mains de Bo. Ne pouvant plus se maîtriser, Bo comprit qu'il fallait emporter la place forte. Le fait qu'Audrey fasse des manières l'excita encore plus. Sans s'occuper de ses protestations, ni de ses « idées », Bo, transformé en homme préhistorique, saisit Audrey comme un fétu de paille dans ses bras. Avant qu'elle ait pu protester, il la jeta en travers du lit.

– Haaa...

C'était le hurlement d'Audrey.

– Hoooon..., répondit Bo en se lançant en vol plané sur sa femme.

Ils luttèrent un court moment en silence, roulant l'un sur l'autre. Avec plus de plaisir qu'elle ne voulait se l'avouer, Audrey se mit à donner des coups de pied et de genou. Ses yeux brillaient. Ses longs cheveux auburn étalés sur l'oreiller, elle offrait à Bo l'image de la créature criant non pour mieux faire oui :

– Non..., non..., je vous défends..., satyre..., sadique..., satrape...

Bo amusé, croyait à un jeu très français.

Sans s'occuper de ses protestations sophistiquées, il arrachait la serviette, passait la main sous son soutien-gorge, prenait d'assaut ses seins larges et plantureux, dont il sentait la pointe durcir sous ses doigts.

– Tu répètes toujours la même chose, murmura Bo.

Sa poitrine écrasait Audrey. Il voulut fermer ses lèvres d'un baiser, tandis que ses doigts énervés tiraient sur la petite culotte et cherchaient à entrer, en propriétaire, dans la moiteur des cuisses.

– Lâche, vous vous servez de votre force..., vous n'êtes qu'un lâche...

Audrey se cabrait de révolte sous le poids masculin. Elle détourna la tête avec des larmes dans les yeux.

Les lèvres pâlies par le désir, Bo, comprenant que les choses tournaient mal, s'arrêta brusquement. Il saisit les poignets d'Audrey pour les immobiliser en arrière sur l'oreiller, puis, la dominant, interrogea froidement :

– On joue à quoi?

– Vous n'avez pas le droit! gémit Audrey.

– J'ai dû mal comprendre...

Il l'écrasait de tout son poids. A travers le pantalon, elle sentait son désir impérieux. Elle devait faire un effort surhumain pour ne pas y répondre.

– Je croyais avoir quelques droits...

Bo légèrement essoufflé, se forçait au calme.

Audrey se tortilla sur le patchwork du dessus-de-lit.

– Ça... Ça ne fait pas partie de nos conventions...

Nez à nez avec Audrey, en homme de science, Bo décida de discuter froidement et sans passion la question.

– Ecoutez, il s'agit de bien mettre les choses au point... Jouons cartes sur table... Vous avez dit « épousez-moi »...

Audrey, fanfaronne, le repoussa des deux bras :

– Eh bien, épousez-moi..., ce n'est pas..., ce n'est pas...

D'un coup de reins, Bo se redressa. Tout en marchant de long en large, pour se calmer, il analysa la situation :

– J'ai fait tout ce que vous vouliez... Vous êtes bien d'accord? Nous nous sommes mariés pour votre fameuse carte verte... C'est toujours O.K.?

– Oui, mais...

Les cheveux ébouriffés, Audrey s'asseyait sur le lit, tout en prenant soin de remettre pudiquement la serviette devant ses seins jaillis du soutien-gorge.

– A ma connaissance, dans toutes les civilisations, même les plus sauvages ou reculées..., continuait Bo, ignorant l'interruption..., les personnes mariées *légalement* peuvent..., doivent même..., ont..., enfin font... Vous voyez ce que je veux dire...

Il commençait à s'énerver.

– Pas du tout.

– Je regrette, mais il me semble tout à fait normal...

– Normal, qu'est-ce que ça veut dire, *normal?*

Audrey s'abritait derrière l'agressivité. Bo la domina, brusquement méprisant.

– Cela veut dire être correcte en affaires... Vous êtes de mauvaise foi, comme tous les Français!...

– Vous êtes un puritain obsédé, comme tous les Américains! glapit Audrey.

Bo s'arrêta, touché au vif :

– Obsédé!

Il fit un pas vers la fenêtre et se retourna brusquement.

– Mais vous, en plus, vous êtes malhonnête.

Il pointait un doigt vers Audrey. Elle s'était levée du lit et cherchait à s'éclipser discrètement, enroulée dans sa serviette.

Elle s'immobilisa, atteinte par la flèche :

– Malhonnête?

Tel un accusateur public, Bo revenait vers elle :

– Nous étions d'accord. Je ne vous ai pas forcée. C'est vous qui m'avez supplié... (Il l'imitait.) Une petite année de mariage... Je vous signe une reconnaissance de dette, comme ça vous n'aurez rien à craindre, ni pour votre maison, ni pour une pension alimentaire...

Audrey l'interrompit, ricanante :

– La terreur de l'Américain moyen!

Lancé comme un bulldozer, Bo continua :

– Juste le temps qu'il vous fallait, disiez-vous pour arranger vos papiers et ensuite... un divorce à l'amiable! Moi, j'ai rempli mes engagements!

– Eh bien, moi aussi, j'ai tenu parole.

Audrey s'enfonçait dans un marécage. Bo la dévisagea, méprisant :

– Non, vous ne remplissez pas votre contrat. Vous m'avez fait faire un mariage de papier... Un mariage à la carte... Une call-girl aurait plus d'honneur; si le client paie, elle offre sa « marchandise » de bon cœur. Vous..., *vous voulez tout* et ne rien donner en échange!

Audrey, très pâle, regardait Bo intensément. Elle se mordit la lèvre supérieure :

– Vous le prenez comme ça? Très bien...

Dans un grand mouvement un peu théâtral, Audrey arracha la serviette. En petite culotte largement baissée sur un ventre ferme et plat, découvrant presque son intimité, ses magnifiques seins ronds jaillis hors du soutien-gorge, elle se jeta au milieu du lit. Les mains jointes sur la poitrine, les jambes allongées bien droites et serrées, les paupières fermées dans l'attitude d'un « gisant ».

Bo la regardait sans bouger.

– Eh bien, jeta Audrey d'une voix sifflante... Qu'est-ce que vous attendez? Payez-vous!

Le silence lui répondit.

Elle ouvrit les yeux. Bo avait quitté la pièce.

La porte d'entrée en bas claqua avec violence. Monsieur Flint poussa un aboiement au pied du lit. Audrey restait immobile, comme giflée. Soudain, elle se rejeta à plat ventre sur le couvre-pied. Ses épaules remuaient, ses cheveux auburn lui cachaient le visage. Une sorte de hurlement jaillit de sa gorge. Elle tendit la main, prit, au hasard, la veste de pyjama de Bo sous l'oreiller. Le nez enfoui dans cette odeur masculine, elle sanglota longtemps..., longtemps..., longtemps...

## LE JEUNE HOMME GRIS

Le terrain de golf était presque désert à cette heure matinale.

Un petit vent frais faisait frissonner les peupliers, tandis que le soleil immuable de ce printemps béni réchauffait déjà l'herbe tendre de ses rayons.

Au départ du parcours, juste sur le « tee off », Bo exécuta un superbe drive. La balle partit à toute allure en direction du premier trou. Elle retomba à environ six cents pieds, près d'un petit lac artificiel entouré de saules pleureurs.

Les cheveux coiffés d'une visière, vêtu, comme tout bon golfeur, d'une tenue sportive : pull-over, pantalon beige, un gant aux doigts coupés à la main droite et des chaussures plates cloutées, le dessus en cuir de deux couleurs, aux pieds, Bo, visiblement de l'humeur d'un coyote ayant laissé sa queue dans un piège, marchait seul en direction de la balle, tout en tirant le chariot contenant ses cannes de golf.

Au même instant, une voiture noire s'arrêta devant le club-house. Un jeune homme mince, aux cheveux châtains assez longs, mais vêtu d'un irréprochable costume gris perle, descendit du véhicule. Il portait à la main un gros porte-documents marron.

Un caddie préparait le matériel de son prochain client.

Le jeune homme en gris s'approcha du garçon pour lui demander un renseignement. Le caddie leva aussitôt le bras pour désigner la longue silhouette de Bo sur le terrain.

– Pardon, monsieur... J'aimerais vous parler, ainsi qu'à Mme Boldinger.

Mécontent d'être dérangé au moment de sortir sa balle d'un « bunker » particulièrement vicieux, Bo foudroya l'importun jeune homme du regard.

– Vous aurez du mal, Mme Boldinger est morte l'année dernière!...

Sur ces mots définitifs, Bo frappa la balle. Il suivit sa trajectoire des yeux et se remit en marche, sans plus s'occuper de l'intrus.

Celui-ci lui emboîta le pas.

– Vous êtes bien M. Boldinger..., hem... (Il jeta un regard sur un papier), Beauregard?

– Jusqu'à présent, personne ne m'a dit le contraire, mais, avec le progrès, sait-on jamais!

Bo se baissa pour ramasser sa balle dans les herbes, puis il chercha à écarter le jeune homme du chariot, afin de chercher le meilleur club pour son prochain coup.

L'obstiné jeune homme ne bougea pas d'un pouce. Il consulta encore sa feuille de papier :

– Mme Boldinger Audrey, née... Fronsac..., est bien votre épouse, monsieur Boldinger?

– Il paraît!

Bo, impassible, répétait le mouvement. Il fit son swing et repartit dans la direction du point de chute, cette fois-ci en plein sur le « green », à quelques pieds du trou.

– Mme Boldinger est donc en vie? interrogea le jeune homme en suivant Bo avec persévérance.

Le club sur l'épaule, Bo avançait, très décontracté :

– Je le suppose...

Le jeune homme insista :

– Vous êtes donc marié depuis un mois, monsieur Boldinger?

Bo était arrivé sur le green. Il ôta le drapeau du trou et le colla entre les mains de l'importun.

– Autant dire une éternité, soupira Bo.

Il s'accroupit pour évaluer la distance de sa balle

avec le trou. Raide comme la justice, le jeune homme tenait d'une main le drapeau, de l'autre sa serviette et ses papiers.

– Mais vous savez où se trouve Mme Boldinger à l'heure actuelle, monsieur Boldinger?

– Je n'en ai aucune idée, et je m'en contref...

Bo s'arrêta à temps. Il tapa la balle, qui se dirigea droit dans le trou. Satisfait, il vint ôter le drapeau des mains du jeune homme.

– Alors, que cherchez-vous exactement, mon petit?

Avec un charmant sourire, le jeune homme exhiba une carte officielle :

– Terry Telman, inspecteur du département de justice et immigration des services de l'Etat...

Bo prit deux tasses de café à la machine du bar et il revint vers une table de la terrasse.

Sa grosse serviette sur les genoux, l'inspecteur Telman attendait patiemment le retour de son « client ».

Bo posa les tasses fumantes sur la table.

– Vous travaillez même le week-end, monsieur l'inspecteur?...

En disant ces mots, il jeta une saccharine dans son café, tandis que le jeune inspecteur prenait deux grosses cuillerées de sucre.

– C'est que, monsieur Boldinger..., cela fait huit jours que je cherche à vous rencontrer...

– Quelle obstination!

– Vous n'étiez jamais chez vous, enfin vos voisins m'ont dit que je pourrais vous trouver ici.

Bo envoya moralement au diable les Parker, toujours trop bavards. Après avoir bu une gorgée, il reposa sa tasse et interrogea :

– En quoi puis-je vous être utile?

L'inspecteur ouvrit sa grosse serviette marron. Il en sortit un épais dossier :

– Nous faisons une enquête sur votre mariage, monsieur Boldinger.

– Vous me voyez très flatté de cette sollicitude, monsieur l'inspecteur! se contenta de répondre Bo, sur l'expectative.

– Il est de mon devoir de vous prévenir, monsieur Boldinger, que tout ce que vous allez me répondre peut jouer contre vous. Vous avez aussi le droit de ne pas répondre à mes questions; je dois pourtant vous avertir que cette non-réponse pourrait être interprétée comme une réponse non favorable à votre cas!

A cette « explication » débitée à toute allure par le jeune inspecteur, Bo se contenta de hausser les sourcils, tout en tournant une petite cuillère dans sa tasse pour dissoudre la deuxième saccharine qu'il venait de remettre.

– Aviez-vous « l'intention », monsieur Boldinger, d'épouser depuis longtemps Mlle Fronsac Audrey?

– Quelle merveilleuse démocratie dont le département de justice se préoccupe maintenant des états d'âme de ses concitoyens!

Le ton faussement admiratif de Bo camouflait une froide ironie. Il porta la tasse à ses lèvres et but à petites gorgées, tandis que l'inspecteur consultait son dossier :

– Différents... hum... aspects nous paraissent, excusez-moi, monsieur Boldinger, suspects dans votre union...

Sur ces mots plutôt inquiétants, l'inspecteur Telman releva les yeux pour lorgner son interlocuteur. Sous ce regard soupçonneux, Bo ne broncha pas.

– Hum... D'après certains « renseignements », Mme Boldinger ne semble déjà plus vivre sous le toit conjugal... De par son mariage, et comme elle y a droit « pour le moment », Mme Boldinger – je m'étonne que vous ne soyez pas au courant – a trouvé un emploi dans la ville de Flint, mais en attendant, pour sa carte verte, une investigation a été ordonnée par l'Attorney Office de Detroit...

Troublé par le regard brillant de Bo, l'inspecteur se moucha bruyamment. Il poursuivit pourtant avec obstination :

– Je dois vous avertir qu'une plainte privée a été déposée...

– Une plainte?... s'exclama Bo, suffoqué... Et par qui, s'il vous plaît?...

L'inspecteur ignora la question :

– Je ne dis pas que c'est votre cas, monsieur Boldinger, mais, cette année, douze cents enquêtes ont été menées pour mariages frauduleux et, à la suite de jugements par le Grand Jury fédéral, quatre cents licences ont été retirées...

A cette annonce, Bo reprit son impassibilité :

– Je ne vois pas du tout, cher monsieur, pourquoi vous venez me raconter tout cela.

L'inspecteur Telman hocha la tête d'un air désolé, tout en énumérant à toute allure :

– En vertu de l'article 18, page 73, du Code de l'immigration et de la nationalisation, *si* vous n'aviez pas l'intention réelle de vous unir pour un véritable mariage, *si celui-ci n'a pas été consommé... (*Sur cette phrase, Bo ne put s'empêcher de faire une tête mi-figue, mi-raisin), *si* vous ne vivez pas avec Mme Boldinger Audrey, *si* la violation de la loi est constatée, le gouvernement américain peut être amené, monsieur Boldinger, à vous faire *un procès!*

A ce dernier mot, Bo s'étrangla en buvant son café.

Il pouvait être 6 heures du soir et Bo, comme ses voisins après le travail, tondait le gazon devant sa maison.

M. Parker avait essayé d'engager la conversation

sur la pêche de rivière. Bo l'avait aussitôt découragé par un mutisme de mauvais augure.

Depuis la visite de l'inspecteur, la veille, il ne décolérait pas. Battu, cocu – certainement! – ridiculisé, bafoué et menacé d'être traîné en justice, Bo remâchait sa rage, sa rancune et sa honte, tout en fourbissant ses armes.

Il attendait un événement. Celui-ci le prit de vitesse sous la forme d'un aboiement sonore.

Un taxi venait de s'arrêter devant la maison. Monsieur Flint descendit le premier en frétillant de la queue. Bo se détourna avec dignité pour essayer de ne pas avoir l'air de remarquer Audrey... Elle était très en forme, vêtue d'un ensemble rouge et bleu, certainement neuf!

Après avoir claqué la portière du taxi et payé le conducteur, elle s'engageait maintenant dans l'allée, une grosse valise à la main!

Bo lui tourna carrément le dos.

– Heureux de vous revoir, madame Boldinger!

C'était cet imbécile de Zizou Parker, à qui on ne demandait rien et qui se mêlait de faire des salutations aussi plates que stupides.

– Bonsoir, monsieur Parker.

Bo voulut retirer une pierre de sa tondeuse. Il manqua se faire arracher un doigt!

– Bonsoir, Bo.

Audrey le saluait d'un ton gracieux.

Sans relever la tête, il se contenta d'émettre un grognement, à mi-chemin entre celui de l'ours brun et du parfait mufle. Il lécha son doigt entaillé et reprit son travail d'un air aussi absorbé que méticuleux.

Sans paraître affectée par cette réception assez fraîche, Audrey, suivie du french poodle, continua son chemin.

La porte de la maison se referma sur eux.

« Garce... », rumina Bo. Son doigt maintenant

pissait le sang... « Elle ne l'emportera pas en paradis... Si je n'étais pas menacé par la justice, comment je la flanquerais dehors! Allez, à la porte..., du balai..., ouste..., à grands coups de pied dans le cul... En tout cas, elle va voir, cela ne va pas être tout rose! »

Ragaillardi par ses pensées vengeresses, Bo entoura son doigt d'un mouchoir et il suivit le même chemin qu'Audrey.

– Zizou... Zizou..., ça fait plus d'un mois qu'on ne l'a pas vue... J'ai dans l'idée que ça va mal entre eux... As-tu entendu au moins ce qu'ils se sont dit?

Fébrile de curiosité, Mme Parker interrogeait son mari.

– Ben, elle a dit; « Bonsoir, monsieur Parker. »

– C'est tout?

De déception, Mme Parker arrêta de préparer un french cheese cake!

Elle aurait donné son beau congélateur tout neuf pour savoir ce qui pouvait bien se tramer à l'intérieur de la maison voisine...

Après un regard rapide dans la cuisine et le living-room déserts, Bo monta l'escalier du pas du chasseur de prime sur le chemin de l'affût.

Aucun bruit dans la maison. Qu'était devenue sa femme de carte? Elle ne s'était quand même pas volatilisée comme une sorcière à cheval sur un balai!

Au palier de l'étage, la porte de la chambre « d'amis » rouge et bleu, où il avait installé cette ingrate la première fois, était entrebâillée.

Bo y jeta un coup d'œil.

Personne!

Un jappement de Monsieur Flint le fit se retourner. Bo faillit répondre par un tollé d'indignation.

Il s'attendait à tout, sauf à cela!

Cette garce de Française avait réellement l'art de ne jamais faire ce qu'il prévoyait.

Avec un sans-gêne incommensurable, Audrey s'installait dans *sa* chambre..., la chambre jaune..., la chambre de Bo!

Sa grosse valise ouverte sur le pied du vaste lit, elle allait et venait dans la pièce, accrochant ses robes, foulards, colifichets... – « Neufs et probablement offerts par un autre pauvre connard! » – dans le propre placard de Bo, au milieu de *ses* costumes qu'elle ne se gênait absolument pas pour repousser vers le fond.

Du côté de la salle de bains, même topo!

Madame alignait, contre l'after-shave et le rasoir électrique du maître des lieux, toute sa saloperie de fond de teint, poudre, 5 de Chanel...

Trop, c'est trop!

Sans un mot, le masque froid, Bo rentra dans *son* territoire. Il balança une seconde entre trois attitudes : la fureur meurtrière, le viol crapuleux, la magistrale raclée!

Il choisit une quatrième issue : la-retraite-glacée-et-stratégique-de-l'homme-de-classe-parfaitement-indifférent-à-une-créature-vulgaire-et-sans-scrupules-à-qui-il-n'offre-que-son-mépris-pour-un-retour-dont-il-n'est-pas-dupe!!!

– Pardon...

Bo, très poli, croisait Audrey devant la salle de bains. Il s'effaça pour la laisser sortir. A son tour il entra afin de rafler sur la tablette tous ses ustensiles de toilette. Dans sa hâte, il n'oublia que sa brosse à dents. Les mains déjà bien chargées, il se dirigea vers *son* placard, repoussa sur la tringle toute la friperie féminine. Chargé de ses costumes, toujours muet, il sortit de la pièce pour porter ses affaires dans la chambre rouge et bleu, de l'autre côté du couloir.

Audrey l'avait regardé agir sans prononcer une parole. Ses grands yeux gris s'étaient légèrement assombris. Elle mordit sa lèvre supérieure, mais, aussi muette que son « mari », elle continua ses rangements.

Bo revenait déjà.

Dans un va-et-vient incessant, il sortit ses pullovers, raquettes de tennis, patins de hockey, battes de base-ball et godillots contre la boue.

La tête plongée dans le placard de sa nouvelle chambre, Bo alignait, avec des gestes méticuleux, ses chaussettes, tee-shirts et chemises. Il avait oublié ses caleçons courts dans le fond d'un tiroir.

Bo voulut ressortir vers son ancienne chambre abandonnée à l'ennemi!

Celui-ci tenait la sortie!

Une épaule accotée contre le montant de la porte, Audrey considérait Bo dans la pièce. Elle avait la tête légèrement penchée. Des cernes mauves marquaient ses yeux gris. Ses joues étaient un peu plus pâles qu'à l'ordinaire. Bo remarqua qu'elle avait légèrement maigri.

« De toute façon, qu'est-ce que j'en ai à faire... Elle peut bien devenir un sac d'os, cela m'est foutrement égal! » pensa-t-il, hargneux.

– Excusez-moi!

Sans vouloir se laisser attendrir, Bo s'aplatit en biais pour gagner le couloir.

– Bo...

Avec un ton de doux reproche, Audrey mit son bras de l'autre côté du montant de la porte.

Les rôles étaient renversés. Si Bo voulait sortir, il devait la toucher.

Il aurait préféré crever que de poser un doigt sur cette pimbêche acariâtre, complexée et complètement givrée! Aussi froid qu'un iceberg, il se contenta d'interroger :

– Vous désirez quelque chose?

De son geste machinal, elle secoua ses cheveux auburn. Cela voulait-il dire oui ou non?...

– Vous vous êtes blessé?

Elle regardait le doigt emmailloté de Bo.

– Absolument pas!

Il ne manquait plus qu'elle joue les secouristes!

Pour lui en ôter toute envie, Bo cacha son doigt blessé dans sa poche.

– Bo..., je suis revenue, Bo...

D'un ton lourd de sens, elle murmura encore :

– Vous voyez, je suis là...

– Merci de me prévenir...

Bien décidé à ne pas se laisser embobiner par l'opération charme qui semblait avoir été décidée par l'adversaire, Bo voulut quand même pousser du bout des doigts le bras d'Audrey pour libérer sa route. Elle fut plus rapide que lui. Posant sa main sur l'épaule masculine, Audrey reprit, dans un chuchotement :

– Je ne sais pas très bien comment vous dire... ni par où commencer...

– Alors, ne dites rien et ne commencez pas, il vous faudrait finir!

Sans se laisser impressionner par la voix rogue, Audrey leva son autre bras vers la poitrine de Bo.

– Vous savez, je... je ne suis pas exactement ce que vous croyez... Il faut me comprendre... Lorsque...

Elle hésita, puis reprit :

– Lorsque l'on se noie..., on...

– On prend n'importe quelle planche, même une pourrie!

L'ironie de Bo était blessante.

– Non, non..., ce n'est pas ça...

Elle levait vers lui des yeux qui auraient attendri King Kong en personne.

Devant l'expression toujours froidement ironique

de son mari, Audrey poussa un soupir consterné. Comment pouvait-elle lui expliquer maintenant..., lui dire la vérité? Il ne lui pardonnerait certainement jamais... De toute façon, le moment était mal choisi... Lui crier : « Vous m'avez manqué..., j'ai agi comme une idiote..., je suis heureuse que la loi américaine me force à revenir vivre avec vous... Mais il y a la suite et quand vous l'aurez apprise... »

– Vous savez, Bo... Tout a été bizarre entre nous. Comme un jeu, reprit Audrey avec effort.

Elle avalait sa salive, émue. Bo se pencha sur son visage. Il la regardait comme s'il avait voulu ouvrir son front pour lire à l'intérieur.

– Je suis sûr que vous avez eu une *idée*...

Audrey baissa les paupières :

– Je... En effet, j'ai beaucoup réfléchi, Bo...

Elle renversa la tête en arrière. Son cou nacré se renflait comme la gorge d'un pigeon. Bo pouvait presque voir battre la veine dans le creux tendre de la base. Il se pencha davantage, comme s'il allait soudain l'embrasser ou l'étrangler. Ses lèvres n'étaient plus qu'à un pouce de la bouche rose et fraîche offerte comme un fruit. Il la considéra un instant sous lui. D'un ton négligent, il lança en forme de boutade :

– Après un mois de réflexion, vous vous êtes réveillée, aujourd'hui lundi, en vous disant : « Suis-je stupide... Ce cher vieux Rocky Brown, voilà un camionneur exceptionnel, érudit original, séduisant, mais si, mais si, séduisant... Courons le lui dire sans tarder! »

Blessée par le ton narquois, Audrey releva les paupières :

– Bo, je suis toute prête...

Il poussa un long soupir :

– A vous sacrifier...

Elle secoua sa crinière fauve :

– Je voudrais tant...

Soudain méprisant, presque méchant et dur, il l'écarta à bout de bras et articula, martelant ses mots :

– Etre en règle avec l'article 28...

« Voyez-vous, Audrey, je vous aurais pardonné beaucoup, mais cette bassesse... Revenir vous offrir comme une grue de bas étage, prête à n'importe quoi pour ses papiers... Ça, c'est plus ignoble que tout... Ne vous inquiétez pas, vous l'avez, votre *mariage à la carte,* mais je vais vous le faire payer! » avait envie de hurler Bo.

Sans un mot de plus, il la repoussa carrément. En deux enjambées vengeresses, il traversa le couloir. Dans son ex-chambre jaune et la salle de bains, il prit le linge de corps oublié ainsi que sa brosse à dents. Pour avoir une main libre, il la fourra dans la poche de son pantalon.

Au passage, il saisit sur la table de nuit une pile de livres, ses lectures favorites : Cotten, Homsky, Kung, Darwin... Il allait oublier ses bandes dessinées... Comics de l'intellectuel fatigué : Alley Oop. Chargé de son butin, Bo repassa devant Audrey. Elle était restée en panne dans le couloir. Bo rentra dans *sa* nouvelle chambre à lits jumeaux et claqua la porte au nez de sa femme.

Il la rouvrit presque aussitôt pour lancer, macho, phallo et rétro, bref, odieux :

– Comme vous semblez maintenant décidée à supporter jusqu'au bout le devoir conjugal, sachez que je veux mes repas à 6 h 30, 12 h 30, et 7 heures du soir, bien servis... chauds et copieux. Pour le... *reste,* et malgré les progrès de la science, cela m'étonnerait que M. Telman puisse venir inspecter de visu la « consommation » d'une si bonne union...

Toujours très digne, il referma la porte.

Audrey entendit le bruit sec d'un verrou.

« Triple idiot, tu la veux ta guerre, eh bien, tu l'auras : ça, je te le jure! »

Pour que Bo n'ignore rien de ses sentiments aussi ulcérés que vindicatifs, Audrey gagna ce qui était désormais « sa » chambre et elle claqua à son tour la porte avec une violence qui fit résonner les petites faïences des appliques murales.

Il devait être très tôt lorsque Audrey se réveilla en sursaut dans le vaste lit.

Le camion des éboueurs passait dans l'allée de la résidence.

Elle crut d'abord que c'était le bruit international du ramassage des poubelles qui l'avait fait jaillir d'un sommeil trouvé fort tard. Au grondement de Monsieur Flint dressé sur la couverture de patchwork et à la sonnerie insistante qui résonnait dans sa tête, Audrey comprit que quelqu'un carillonnait à la porte d'entrée.

Elle se leva rapidement, passa sur sa chemise transparente un peignoir dont les reflets roses mettaient son teint et ses cheveux en valeur, puis elle écarta les rideaux. Comme dans toutes les maisons américaines, il n'y avait pas de volets. Audrey n'eut qu'à ouvrir la fenêtre.

A la vue du sonneur en bas, Audrey ne put s'empêcher de laisser paraître quelque étonnement :

– C'est vous?... Mais quelle heure est-il donc?

– 6 h 30, madame Boldinger.

Son éternelle serviette dans une main, un gros dossier dans l'autre, l'inspecteur Telman souriait fort aimablement, tête levée vers Audrey :

– Vous me voyez très heureux de constater, madame Boldinger, que vous êtes rentrée au foyer conjugal. Puis-je entrer?

– Maintenant? s'exclama Audrey, ahurie.

Au bruit de la porte qui s'ouvrait dans la chambre, elle se retourna. Déjà tout habillé d'un gros pull à col roulé, de son pantalon de velours de la veille et de solides bottes aux pieds, Bo s'arrêta sur le seuil pour interroger d'une mimique muette : « Qu'est-ce que c'est? Qu'est-ce qui se passe? »

Audrey s'abrita aussitôt de la vue du flic en bas, derrière le double rideau, pour répondre du même langage silencieux : « L'ins-pec-teur Tel-man! »

Il ne manquait plus que cela, la justice à domicile!

Bo se lança aussitôt dans une série de signes avec les doigts. Il pointait l'index en bas, relevait le pouce vers le plafond. Pour couronner le tout, il mit les deux mains horizontales et recommença ses gestes mystérieux.

Devant cette séance de mime, Audrey fronça l'arc finement dessiné de ses sourcils. Semblant avoir compris la signification des ordres de Bo, elle se remit à la fenêtre :

– Prenez donc la clef sous les bégonias, monsieur l'inspecteur...

Tête baissée vers les pots de fleurs, le jeune représentant de la loi, dont c'était la première mission importante, marmonna les phrases que la loi lui dictait d'énoncer :

– Il est de mon devoir de vous prévenir, madame Boldinger, que vous avez parfaitement le droit de me refuser d'entrer, mais que, si vous me refusez ce droit, ce refus au droit pourrait être...

Il entra dans la maison. Tout en montant l'escalier sur la pointe des pieds, cet obstiné jeune homme continuait son discours :

– ... mal interprété comme une réponse ne répondant pas favorablement à votre cas... hem hem hem...

Arrivé sur le palier de l'étage, Terry Telman s'approcha en toussotant d'une porte entrebâillée.

– Bonjour, monsieur l'inspecteur. Entrez..., entrez donc, fit la voix tonique de Bo.

L'inspecteur obéit à l'injonction. Sans broncher, il regarda le spectacle idyllique qui s'offrait à sa vue :

Bo et Audrey étaient paisiblement couchés dans le « grand lit conjugal ».

Visiblement habitué à cette situation, le french poodle ronronnait aux pieds de ses maîtres.

Une légère rougeur envahit le visage de Terry Telman. Audrey avait ôté son peignoir. Elle était maintenant dans sa chemise très décolletée dont la transparence ne dissimulait pas grand-chose de ses seins plantureux.

Bo, le torse nu, avait le bras droit passé autour des épaules de « sa » femme. Il offrait au regard de l'inspecteur le visage repu et satisfait du jeune marié aussi heureux que comblé.

– Monsieur Boldinger, madame Boldinger, mes respects... Veuillez m'excuser, mon enquête est presque terminée... Il ne me reste plus que...

Le jeune inspecteur, aux cents coups, avançait, hésitait, reculait. Il allait se retirer, puis il s'arrêta et revint en regardant autour de lui avec la méfiance du chien de chasse.

Dans le lit, Bo et Audrey restaient souriants, mais ils se raidirent imperceptiblement, comprenant qu'un nouvel « ennui » se préparait!

– La loi m'oblige à faire le test des brosses à dents! déclara le jeune inspecteur, désolé mais bougrement obstiné.

Devant la tête de Bo et Audrey, tout en se dirigeant vers la salle de bains, il expliqua gentiment :

– C'est un des trucs mis au point par le département de justice... S'il n'y a qu'une brosse dans la salle d'eau, c'est bien la preuve que le couple ne vit pas... hem... maritalement... Vous voyez ce que je veux dire... Tout le monde se lave les dents et avec... (Il faisait le geste des doigts en V) deux brosses, n'est-ce pas?

– Mais, je vous en prie, inspecteur, testez, testez! lança du lit Bo, tout fanfaron.

L'inspecteur Telman ouvrit la porte de la salle de bains. Devant le spectacle tragique de l'unique brosse à dents sur la tablette, il revint vers la chambre. Consterné pour ce couple qui lui devenait très sympathique, il s'arrêta, stupéfait : souriant d'un air naïf, Bo sortait sa brosse à dents de sous les draps!

– C'est une habitude française que ma femme m'a apprise, inspecteur : dormir avec sa brosse à dents, tous les Français font ça! affirma Bo, imperturbable.

Devant ces mœurs étrangères, il n'y avait rien à dire. Le jeune inspecteur, maté, referma son dossier.

– Mon intime conviction est maintenant établie, monsieur Boldinger. Je peux vous dire que mon rapport sera... favorable... très favorable...

– Vous m'en voyez ravi!

Bo déposa un baiser sur la tempe de sa femme. Celle-ci se redressa, les pommettes soudain avivées :

– Un petit café, monsieur Telman?

L'inspecteur se retirait avec une louable discrétion :

– Non, merci... sans façon... Mes compliments, madame Boldinger, je ne voudrais surtout pas déranger! Nous ne sommes pas des ogres au département de justice, il faut nous comprendre...

Bo arrêta sa sortie :

– Inspecteur, pourrais-je savoir au moins d'où venait la plainte?

– Oubliez tout ça, monsieur Boldinger, ne pensez plus qu'à votre bonheur... Vos ennuis sont finis et bien finis...

Sur ces mots encourageants, le jeune Telman se

défila dans l'escalier, poursuivi par Monsieur Flint qui essayait de lui happer le pantalon!

Dans le lit conjugal, Bo et Audrey se regardèrent avec des expressions très sérieuses.

Lorsque la porte d'entrée claqua en bas, Audrey se rejeta en arrière. Elle pouffait de rire, hoquetait, s'esclaffait :

– On l'a bien eue, la loi américaine! Dans le baba... Ha, ha!

Avec une grande componction, Bo ouvrit les draps, découvrant le pantalon de velours et les grosses bottes avec lesquelles il s'était si rapidement couché.

Il interrompit son mouvement pour prendre le pull-over qu'il avait caché sous l'oreiller. Avant de se lever, Bo engloba d'un regard rapide le fin visage, le corps sensuel dont il ne pouvait presque rien ignorer des courbes voluptueuses ni de la vallée ombragée à travers le nylon transparent de la chemise rose.

– Vous êtes l'être le plus amoral que je connaisse! constata calmement Bo.

La phrase qu'il venait de prononcer aurait dû être une insulte. Elle résonna telle une caresse. Le fou rire d'Audrey s'était aussi brusquement arrêté qu'il avait commencé.

A son tour, elle planta son regard gris, où dansaient de petites flammes dorées, dans les yeux myosotis de Bo. Comme une déclaration d'amour, Audrey murmura soudain :

– Vous êtes l'individu le plus hypocrite qui existe au monde...

Les lèvres pâlies, Bo s'approcha davantage pour chuchoter d'une voix un peu rauque :

– Vous êtes tellement française que c'en est indécent!

Audrey s'immobilisa dans ses oreillers :

– Vous êtes tellement américain que c'en est asphyxiant!

Ils s'étaient presque tout dit!

Bo regardait Audrey.

Audrey regardait Bo.

Un ange passait entre eux. Sans qu'ils fassent un geste, sans qu'ils murmurent un autre mot, Audrey avait ressenti la flambée de désir qui brûlait cet homme..., *son mari...* Avec le sixième sens du mâle aux aguets, Bo avait perçu le trouble sincère de cette femme..., *sa femme...* En cet instant, il la désirait plus que tout au monde.

Bo avait oublié la longue liste de ses rancunes. La bouche-fleur d'Audrey, son corps lascif étaient offerts. Avec un grondement possessif, Bo se pencha pour les prendre.

La sonnerie du téléphone interrompit son mouvement.

Il laissa grésiller deux coups. Exaspéré et avec une expression d'excuse pour Audrey, il se pencha de l'autre côté du lit afin de décrocher.

– Oui?

Une voix masculine, totalement inaudible à l'oreille d'Audrey, résonnait dans l'appareil.

– Mais non, tu ne me déranges pas...

Le ton de Bo confirmait le contraire. Il lança un regard inquiet vers Audrey. Celle-ci ne bougeait pas du lit. Un peu rassuré, Bo écouta son interlocuteur, avant de répondre assez brièvement :

– Oui, en effet, je l'ai su à minuit... C'est vrai, ça fait très plaisir... Merci de tes félicitations, mon vieux. Je suis très touché... O.K., passe-la-moi...

C'était maintenant au tour d'une femme de palabrer dans le téléphone.

Audrey se sentait parfaitement ridicule d'attendre que Monsieur ait fini de faire le joli cœur pour se livrer à ses caresses. Elle fit le geste de se lever. Avec décision, la main de Bo s'abattit sur son poignet, la forçant à rester près de lui dans le lit.

Il était maintenant super-pressé d'en finir avec la conversation :

– Oui, en effet, *je vais être le premier!* affirma Bo sans cesser de regarder Audrey.

Il lui adressa des lèvres une sorte de baiser. Elle répondit par un sourire un peu crispé, ne comprenant rien à ces réponses à double sens.

La voix féminine s'attardait. Bo coupa sec :

– Oui, je suis très heureux..., *très impatient de l'avoir...* Bye bye!

Sans lâcher le poignet d'Audrey, Bo s'éloigna pour raccrocher. Il revint très rapidement vers le milieu du lit.

– C'étaient Matt et Pat, expliqua Bo.

Il caressait doucement le bras d'Audrey.

Ils sont matinaux! murmura Audrey, plus troublée qu'elle ne voulait le laisser paraître.

Insinuant comme le serpent, Bo se rapprochait d'Eve, bien décidé à reprendre la situation là où elle en était restée.

– Ils voulaient me féliciter pour...

Les lèvres de Bo mordillaient la peau douce du poignet.

– Avoir roulé la justice...

Audrey acheva le dernier mot avec une sorte de roucoulement. Les mains de Bo effleuraient ses cuisses. Emue, elle se tendit vers les doigts caressants. La bouche masculine aux belles lignes fermes allait prendre la sienne. Avec un grondement possessif, Bo se pencha sur Audrey.

Un démon malin avait dû chasser l'ange matinal, car la sonnerie du téléphone résonna à cet instant.

– Ouais!

Cet aboiement sortait de la gorge de Bo.

Dans l'appareil, Audrey entendait une autre voix masculine. Elle commença à donner des signes d'impatience. Ses pieds s'agitaient sous le drap. D'un sourire, Bo voulut la calmer tout en débitant rapidement pour son interlocuteur :

– Oui, ça fait très plaisir... d'être sur le point d'y arriver... O.K., passe-moi ta fille, mais vite, je dois préparer mes cours, acheva Bo avec un regard apaisant pour Audrey.

Cette fois-ci, la coupe était pleine. Elle se redressa carrément dans le lit conjugal. Bo essaya de la retenir à nouveau par le poignet. Elle lui échappa en roulant sur le côté. D'un geste gracieux, elle s'assit sur le bord du sommier et enfila ses mules.

Elle aurait dû partir aussitôt, mais sa curiosité féminine était piquée. Que voulaient dire ces appels mystérieux?

Tout en prenant un air parfaitement indifférent, Audrey s'attarda pour écouter.

Malgré son torse nu et la situation, Bo répondait à son interlocutrice d'un ton soudain « professeur Boldinger » :

– Merci, Lili... Tu as le trac, j'espère... Moi aussi, bien sûr. C'est vrai, j'en suis très fier... Oui, il paraît qu'il n'y a jamais eu personne avant moi...

Bo émit un petit rire. Se fichait-il carrément d'elle? Audrey écarta les draps. Elle se leva dans sa chemise transparente. Une seconde, son corps nacré se découpa nettement dans la lumière pour Bo. Audrey passait son peignoir rose. Bo la suivit d'un regard impassible. Comprenant que, de toute façon, « c'était raté », il se lança pour son interlocutrice dans un exposé :

– Non, Lili..., nous pourrions dire que les femelles étant fréquemment considérées par le mâle comme un facteur limitant, elles sont donc un objet de valeur. Là, toi, tu pourras ajouter qu'elles bénéficient de l'*hypergamie*...

Devant la glace, Audrey en faisait un peu trop : elle se brossait les cheveux et remontait ses boucles auburn avec affectation. Bo pensa soudain qu'il pouvait « récupérer » la situation. Il fit le geste de se lever à son tour.

– O.K., Lili, cet après-midi à 5 heures. On aura le temps de préparer tout ça...

Audrey se dirigeait vers la porte, Monsieur Flint sur les talons.

– Mais non, tu es comme tout le monde, Lili..., lança Bo, très pressé. Tu as toutes tes chances de réussite!

Il raccrocha.

Audrey sortait.

Bo entra dans la cuisine. Il était maintenant impeccablement habillé d'un costume bleu marine, porté avec chic sur une chemise azur, le tout assorti d'une élégante cravate à pois.

Un témoin invisible de la vie de ces deux primates aurait pu se demander qui le Pr Boldinger voulait le plus impressionner ce matin, de ses élèves américains ou de sa femme française.

Celle-ci était restée vêtue de son peignoir rose. Après avoir jeté un rapide regard vers son mari, Audrey reporta toute son attention sur l'omelette du breakfast.

– Baveuse ou à point? interrogea Audrey d'un ton négligent.

Avec un rien d'affectation, Bo remettait son nœud de cravate droit, en se mirant dans le fond brillant d'une casserole de cuivre. Il se redressa :

– Moitié-moitié!

Monsieur Flint appuya cette réponse d'un jappement sonore. Le french poodle avait déjà pris place sur la banquette. Bo le rejoignit. Audrey s'assit en face de lui.

« Attends, mon bonhomme, tu m'as ridiculisée. Je ne suis pas près de recommencer! » pensait Audrey.

De son côté, Bo réfléchissait :

« Elle a l'air furieuse... Pour l'instant, je ne vois pas comment récupérer la situation! »

Il attaqua malgré tout de fort bon appétit l'omelette succulente.

Elle avait tous les défauts de la terre, mais, question cuisine, elle restait imbattable... Pour le... *reste,* Bo en avait eu un aperçu prometteur.

Il enrageait de cette malchance stupide qui les mettait dans la fausse position de deux êtres ayant complètement échoué dans leur premier rapport amoureux.

D'expérience, Bo savait que ce genre d'état entre homme et femme était souvent irrécupérable.

– Hou... hou...

Bo, trop gourmand, se brûlait.

Sous le regard acéré que lui lança Audrey, il voulut s'en sortir par l'humour :

– Il faudra faire attention demain, chérie, l'extérieur brûle, mais l'intérieur est froid... C'est tout le contraire de...

Il allait dire « moi ». Elle interrompit cette platitude indigne d'un grand socio-biologiste :

– Qu'est-ce que vous appeliez au téléphone... hou... hou... (A son tour, elle se brûlait) l'*hy... per... ga... mie?...*

Bo était à son sujet.

Il se leva pour prendre du lait froid dans le frigo. Tout en remplissant leurs deux verres, il lança d'un ton apparemment neutre, mais lourd d'intentions :

– Il s'agit pour la femelle de la recherche d'un partenaire sexuel de rang social supérieur au sien.

– Et le contraire, comment ça s'appelle dans ce foutu pays, chéri? interrogea Audrey avec un irrésistible sourire.

Elle était à tuer!...

– Ah! le bel homme, qu'il est bien et intéressant... Tout ce qu'il dit est comme un bijou ciselé, Zizou... Ça, il va l'avoir, j'en suis sûre! Quelle fierté de vivre juste à côté d'un savant comme lui! Je l'avais toujours dit...

– Si tu nous laissais un peu écouter, Emmy, ne put s'empêcher de protester le pauvre M. Parker, abruti par le verbiage de sa femme.

Ils étaient installés dans leur salon devant le poste de télévision. En gros plan, Bo, souriant et légèrement pontifiant, expliquait au téléspectateur moyen la fine fleur de ses théories :

– La *polygynie* est une stratégie essentielle complémentaire de l'homme...

Si M. et Mme Parker se penchaient à l'extérieur de leur maison, ils pouvaient voir un petit car de télévision venu prendre en direct l'interview de Bo Boldinger dans son jardin : *TV UNIVERSITY MOUNT PLEASANT*. Ce texte était inscrit sur les portières. Personne ne s'en étonnait dans la région, car tous les autochtones savaient que le campus possédait une vraie chaîne de radio et de TV, entièrement indépendante, commandée par les étudiants, et disposant d'un rayon d'action assez important.

Souvent, les téléspectateurs pouvaient prendre TV Mount Pleasant jusqu'à Detroit.

La seule personne à s'étonner de cette station était Audrey. Habituée, en France, à une télévision d'Etat, elle ne voyait certes pas comment une TV Fac de Nanterre ou TV Vincennes serait capable de fonctionner.

Monsieur Flint sur les genoux, elle assistait de loin, fort discrètement, assise sur un petit banc de pierre, à l'interview de « son mari ». Les réponses de celui-ci l'amusaient, car Audrey était la seule à savoir que Bo lui répondait par TV interposée !

– En fait, vous voulez dire, professeur Boldinger, que... qui... que...

Avec le trac, l'étudiante qui menait l'interview perdait un peu la tête et ne savait plus du tout ce qu'elle voulait dire.

Audrey savait qu'elle se prénommait Lili ! Que cette Lili était la fille de William ! Que c'était donc elle à qui Bo avait parlé ce matin au téléphone ! Qu'avec ses regards enamourés elle était folle tordue de Bo !

Cette situation agaçait au plus haut point Audrey. Dans la seconde, elle ressentit une immense aversion pour cette « pauvre petite conne ».

Bo avait interrompu le bredouillage de la « conne en question » pour lancer, de ce ton charmeur qui lui était propre :

– Le mâle prouve essentiellement sa force dans la possession de plusieurs partenaires femelles...

De plus en plus nerveuse, la présentatrice remonta les lunettes qui glissaient le long de son nez pointu :

– Hem... Pensez-vous que ce soient ces théories, professeur Boldinger, qui vous ont valu d'être mis hier soir sur les listes de compétition du prix Nobel ?

– Non, admit Bo en souriant. Je pense que c'est plutôt mon essai sur la sélection individuelle et naturelle qui a dû attirer l'attention des membres du jury de Stockholm...

Audrey apprenait ainsi, en même temps que tout le monde, les raisons des coups de téléphone matinaux.

*Beauregard Boldinger, prix Nobel !*

Avec sa pudeur anglo-saxonne, son éducation de quaker et sa discrétion bien protestante, il ne lui avait rien dit... Soudain, aussi rose que son pull-over fuchsia, Audrey mordit sa lèvre supérieure. Elle ressentait brusquement une grande fierté! Elle était heureuse pour lui. Elle ferait n'importe quoi pour qu'il recoive son prix! Il l'avait bien mérité! *Il... Il... Il...* Elle était amoureuse folle tordue, comme la conne!

Cette pensée la frappa de plein fouet. Elle écouta distraitement le reste de l'interview. Lili minaudait :

– Nous saurons donc, mesdames, messieurs, dans quelques mois, si nous pouvons nous enorgueillir, pour la première fois dans le Michigan, d'un prix Nobel de socio-biologie... En attendant, on vous donne, professeur Boldinger, comme le prochain vice-président de notre université...

– Mon éminent collègue John Darbonn partant à la retraite, on a, paraît-il, prononcé mon nom, mais je n'en sais pas plus que vous...

– Une dernière question pour nos téléspectatrices féministes, professeur Boldinger : quelle est la position exacte du socio-biologiste face à l'agression permanente du mariage?

– La réponse appartient aux femmes...

Une lueur amusée brilla dans les yeux de Bo. Il se retourna aussitôt pour appeler :

– Audrey! Audrey, venez donc nous rejoindre pour dire quelle est la vie d'une femme française mariée avec un ours du Michigan?

En entendant prononcer son nom, Audrey avait sursauté. Elle ne s'attendait vraiment pas à cette mauvaise blague. La caméra panoramiquait dans sa direction. D'un geste du bras, Audrey fit signe qu'elle refusait toute interview.

Bo eut même la fugace impression qu'elle cherchait à dissimuler ses traits. Ce fut très rapide, car, dans le même mouvement, Audrey se leva précipitamment pour rentrer dans la maison.

David Crook dînait, comme tous les soirs, à l'heure du Middle West, c'est-à-dire 6 heures, devant un énorme Sirloin steak dans sa superbe maison verte de Grosse Pointe.

Ses convives, le Français Jean-Marie Leduc et le détective Rinaldo French, n'étaient pas bavards... Comme le maître de céans, ils étaient même franchement maussades. La conversation ne consistait qu'à demander poliment la french dressing – sauce française que personne n'avait jamais goûtée en France – ou les french beans – haricots totalement inconnus au bataillon de l'hexagone. Depuis plus d'un mois, ils n'avaient fait aucun progrès dans leurs recherches. A croire que la fugitive s'était volatilisée !

La TV allumée au bout de la table retransmettait l'interview totalement inintéressante de ce savant bavard.

David Crook étouffa un bâillement sonore. Il avança une large main aux doigts musclés pour changer de chaîne. C'était l'heure du « Bowling pour des dollars », émission patronnée par « Crook and Crook Beans ».

Le Français, Jean-Marie Leduc, arrêta le geste de l'Américain :

– David, mais... c'est *elle!* Regardez... Il n'y a pas à se tromper... Ce sont ses cheveux, c'est *elle*... C'est bien *elle!*

Audrey était déjà sortie de l'écran. Les trois hommes se regardèrent avec stupéfaction. Ils avaient fouillé l'Etat de fond en comble et *elle* était à quelques heures de voiture.

– Mme Boldinger ne semblant pas être en mesure de répondre à notre question, nous remercions le Pr Boldinger de son accueil et nous rendons l'antenne... Ici Lili Covington..., channel 23..., station Université Mount Pleasant...

– Qu'est-ce qu'elle a dit? Qu'est-ce qu'elle a dit? répéta précipitamment David Crook, croyant avoir mal compris la dernière phrase de la présentatrice.

– Elle a dit channel 23, nous rendons l'antenne à Mount Pleasant!

C'était le détective Rinaldo French qui parlait, la bouche pleine.

– Je ne parle pas de ça, French, tonna David Crook..., mais du... de...

– Elle a dit *Mme Boldinger,* murmura doucement le Français.

Il avança la main vers le téléphone...

Sous le regard inquiet de Monsieur Flint, Audrey marchait de long en large dans la chambre jaune. Ce qu'elle redoutait arriva sans tarder.

La sonnerie du téléphone résonnait dans toute la maison. Audrey mordit sa lèvre supérieure. Elle hésita à laisser grésiller sans répondre.

Un regard par la fenêtre lui fit prendre une décision rapide. Après avoir salué le départ de Lili et du car de TV, Bo prenait le courrier dans sa boîte aux lettres et remontait l'allée pour rentrer chez lui.

Tout plutôt qu'il réponde.

Audrey décrocha :

– Allô?

Elle contrefaisait sa voix en prenant un accent traînant, mi-sudiste, mi-texan, très facile à imiter pour ses cordes vocales françaises.

– Allô, c'est bien la demeure du Pr Boldinger? interrogea une voix masculine, dont Audrey identifia aussitôt l'accent continental.

Elle se raidit, méfiante :

– Oui...

– Je voudrais parler à Mme Audrey Fronsac... Boldinger...

– Vous faites erreur, Mme Boldinger est morte depuis un an.

Audrey raccrocha sèchement. Ses mains tremblaient. N'était-elle pas ignoble de se servir du décès de celle qui l'avait précédée pour éloigner les vivants?

Audrey s'allongea sur le lit. Elle mit ses deux mains derrière sa nuque. Tandis que le french poodle frétillant lui léchait le nez, elle réfléchit :

Ne la laisserait-on donc jamais en paix... Bien sûr, elle payait l'erreur Crook... Comme elle avait eu raison de les cacher avec Simone à Chicago et d'y aller très rarement pour ne pas attirer l'attention... Ils devaient rester hors de toute cette boue... Ses papiers..., il fallait qu'elle ait tous ses papiers en règle... Ensuite, elle pourrait tous les envoyer au bain... Mais, en attendant, ils allaient déferler ici... De combien de temps disposait-elle? S'ils étaient à Detroit..., trois heures..., quatre heures de route... Et s'ils prenaient l'avion?

– Puis-je entrer?

Bo poussait discrètement la porte entrebâillée. Audrey se souleva sur un coude pour répondre d'un ton très doux :

– Mais vous êtes chez vous, Bo!

– Le croyez-vous réellement, Audrey?

Il entrait dans la pièce, des lettres à la main.

– Je ne vous aurais jamais crue si timide devant la caméra, reprit Bo sans cesser de regarder Audrey.

– Il faut toujours se méfier des apparences.

– C'est vrai... Elles sont souvent trompeuses.

Le téléphone sonna à cet instant. Audrey voulut saisir le combiné. Bo la devança.

– Allô? Oui... non... non... oui... oui... Ah! oui?... Oh! non... non... Oui, c'est ça...

Il raccrocha et considéra Audrey d'un air songeur.

– Qu'est-ce que c'était?

Elle s'efforçait de rester calme.

– Rien... La bibliothèque de l'université... Ah! voici du courrier...

Se souvenant pourquoi il était monté directement rejoindre Audrey dans sa chambre, Bo tendait une lettre tamponnée de cachets officiels.

Audrey s'en saisit rapidement. Elle regarda l'enveloppe, fronça les sourcils et l'ouvrit si violemment qu'elle arracha les bords du papier.

Un hurlement tellement strident sortit de sa gorge que Monsieur Flint, épouvanté, courut se cacher sous un fauteuil.

– MA CARTE... MA CARTE VERTE... Ça y est, ils ont accepté... Je l'ai, Bo... Je l'ai grâce à vous. Oh! Bo, Bo..., on ne pourra plus m'emmerder! Elle est prête... Elle m'attend... Merci, merci, Bo... Merci...

Dans sa joie, Audrey avait bondi du lit pour sauter au cou de Bo. Elle l'embrassait fougueusement sur les deux joues. Devant l'éclair brillant du regard bleu, elle voulut reculer.

Trop tard!

Tout se passa très vite, d'une façon instinctive, presque animale. Bo plaquait Audrey contre lui. Ses doigts caressaient sa nuque sous les cheveux soyeux répandus en vagues auburn sur les épaules. Ses lèvres s'étaient emparées de la bouche d'Audrey.

Elle gémit, voulut résister, se révolter, le repousser. Epouvantée, elle s'aperçut que ses bras, au contraire, attiraient Bo. Ses lèvres affamées d'amour rendaient les baisers. Soudés l'un à l'autre, Bo poussait à petits pas Audrey vers le lit. Elle fermait les paupières. Une merveilleuse chaleur, oubliée depuis longtemps, embrasait ses reins.

Elle savait que, dès le premier jour, dès qu'elle était montée dans le camion, elle avait eu envie de cet homme. Il se dégageait de lui une assurance et une tranquille sexualité qui l'avaient, sans qu'elle veuille se l'avouer, aussitôt attirée.

Sûr maintenant de sa victoire, Bo mordillait son cou, mangeait ses lèvres, s'y enfonçait avec autorité. Il caressait les seins un peu lourds sous le soutien-gorge, aiguisant de son désir les pointes mauves qu'il rêvait tenir dans sa bouche. Audrey savait qu'elle allait se retrouver nue contre lui. Avec stoïcisme, elle essaya de l'écarter afin de sincèrement s'expliquer :

– Bo... Bo..., je dois... Il faut que je vous dise... *la vérité...* C'est difficile à...

– Tu parles trop, chérie..., murmura Bo en français.

Comme un étau, ses bras impatients se refermèrent sur Audrey. Leurs lèvres se joignirent à nouveau, brûlantes, affamées du plaisir mutuel qu'elles s'offraient.

Frissonnante de plaisir, oubliant tout, Audrey se laissa submerger par le désir qu'elle ressentait pour cet homme..., son mari... *Un mari à la carte...*

La beauté d'Audrey étendue, nue, prisonnière, consentante, égarée, ne s'appartenant déjà plus, enivrait Bo.

Maîtrisant sa fougue, il lui avait ôté ses vêtements avec une sorte de lenteur douloureuse. Ayant tellement désiré cette femme, peut-être avait-il peur de lui-même, peut-être craignait-il de n'être pas à la hauteur...

Ce qui l'étonnait le plus, c'est la façon dont elle faisait l'amour. Au début, elle était presque comme une petite fille craintive. Elle recevait son étreinte avec une sorte de pudeur étonnante chez une créature qui ne lui avait pas semblé, jusqu'à présent, avoir froid aux yeux.

Le mâle impatient n'avait pu résister. Il l'avait d'abord prise presque brutalement, puis le macho résidant en Bo, comme en tout homme, avait fait place à l'amant délicat dont le plus grand plaisir était celui de l'offrir à sa compagne.

De longs frissons parcouraient Audrey sous les caresses osées de Bo. Comment avait-elle pu vivre si longtemps dans sa solitude?... La vie par Bo entrait en elle... Eve offerte au seul homme de la terre...

Elle avait tout oublié, fermait les yeux, haletait sous cette bouche chaude qui prenait possession de son corps, qui n'ignorait plus rien de sa peau, suivant à petits coups de langue exquis les recoins les plus cachés de son intimité.

Elle-même, peu à peu, s'enhardissait, osait des caresses, retrouvait les gestes éternels de la femme.

Bo se redressa sur un bras. Il la considéra longuement, à la nuit tombante qui avait envahi la pièce. Il fit le geste d'allumer la lampe. Elle voulut l'arrêter avec un reste de pudeur. Bo sourit sans obéir. Il voulait la voir, l'admirer, haletante, regarder ce ventre tiède et tressaillant, boire aux seins un peu lourds qu'il aimait déjà et dont les pointes dressées l'excitaient davantage.

*Audrey*... Il avait oublié l'amour... Cette femme apportait brusquement une nouvelle jeunesse dans ses veines et lui offrait la sève de la vie...

Sans lassitude, il la ramenait, de plus en plus divagante, ivre de plaisir, sous lui... Lorsqu'il l'abandonnait, elle gémissait, revenait, réattaquait, se faisait esclave et odalisque, pour mieux commander et imposer sa loi... Bo croyait mourir sous cette bouche féminine qui maintenant l'absorbait, le mordait, le provoquait... Elle l'effleurait de ses cheveux... Il râlait sous cette caresse..., refusait le plaisir pour le faire durer plus longtemps..., roulait pour revenir et chevaucher sa compagne; ses genoux durs maintenaient les cuisses tendres, puis les écartaient pour s'abattre avec un grondement. Audrey poussa un cri silencieux. Elle s'ouvrait, écrasée, sous ce merveilleux poids d'homme..., celui qu'elle espérait depuis si longtemps... Elle se laissait aller, offerte, écartelée..., gonflée par lui... Le plaisir montait en eux par vagues successives... Attentif à sa compagne, Bo ralentit son mouvement... Elle gémit..., tendit ses lèvres pour qu'il prenne sa bouche...

Les hanches d'Audrey provoquèrent Bo. Il ne put résister et tous deux se rejoignirent, suffoquant au faîte de la volupté.

Bo dormait sur son épaule. Audrey se dégagea très doucement et regarda le réveil. 4 heures... Les yeux légèrement cernés, elle sourit... Ils avaient fait l'amour presque toute la nuit. Avec une perfection rare, Audrey le savait, pour une première fois! Y aurait-il une suite à ce bonheur?

Elle ne voulut pas se laisser attrister par cette question angoissante. Elle s'habilla à la hâte d'un pull et pantalon rouge, griffonna quelques lignes qu'elle déposa sur l'oreiller à côté de Bo. Très paresseux, Monsieur Flint dormait dans un fauteuil. Elle le prit dans ses bras. Le french poodle poussa un petit jappement. Dans le lit, Bo remuait. Audrey s'immobilisa, inquiète.

Bo s'était rendormi. Audrey chercha dans sa veste abandonnée sur la moquette les clefs de voiture.

Au moment de sortir, elle regarda encore Bo, puis elle descendit l'escalier à pas de loup en direction du garage. Sans faire de bruit, elle ouvrit la porte électrique, poussa la Chrysler bleue sur la pente pour ne démarrer que dans l'allée de la résidence, et elle emprunta la route de Detroit.

A l'ouverture des bureaux de l'Immigration, Audrey prit sa carte verte. A 9 h 30, elle quittait Detroit pour la direction de Chicago.

Elle était à la fois heureuse d'aller *les* retrouver et désespérée de s'éloigner de Bo.

Comment pourrait-elle jamais se sortir du guêpier où elle s'était fourrée?

Pour l'instant, David Crook semblait avoir renoncé à la poursuivre, mais elle était sûre de sa vengeance. En passant devant le petit aéroport d'Ypsilanti, Audrey ne pouvait savoir que David Crook, en panne d'avion, avait passé une partie de la nuit avec ses deux acolytes sur une banquette très dure du bar des pilotes... Lorsqu'il s'était décidé à prendre une voiture pour Mount Pleasant, Audrey était déjà bien loin...

Oui, songeait Audrey tout en conduisant... Mieux valait s'éloigner. Avec l'aide de sainte Rita, la patronne des causes désespérées, Bo serait peut-être tenu en dehors de toute la boue...

Elle lui téléphonerait demain ou après-demain pour qu'il vienne la rejoindre à Chicago. Là... elle avouerait TOUT.

*Je dois partir... mais je vous jure que je vous aime... Je t'aime, Bo. Audrey.*

P.-S. – *Quoi qu'il arrive, aie confiance en moi.*

Mal réveillé, Bo prenait connaissance du mot qu'Audrey lui avait laissé.

*Je t'aime,* seul, clignotait devant ses yeux.

Qu'est-ce que c'était que ce vacarme? On carillonnait à la porte d'entrée. Bo regarda le réveil : 7 heures... Qui était l'intrus matinal se permettant d'insister de la sorte?

Tout en nouant la cordelière d'une sortie de bain, Bo descendit l'escalier :

– Voilà... Voilà...

Agacé par la sonnerie intempestive, il ouvrit brusquement la porte pour trouver derrière l'inspecteur

Telman, souriant, son éternelle serviette à la main.

– Bonjour, monsieur Boldinger, heureux de vous revoir.

Beaucoup moins ravi, Bo émit un borborygme assez désagréable.

Sans se laisser démonter, l'inspecteur interrogea d'un ton suave :

– Pourrais-je parler à Mme Boldinger?

– Elle est sortie...

– Ah! c'est ennuyeux..., très ennuyeux...

Le visage brusquement renfermé de Terry Telman n'annonçait rien de bon. Bo décida d'amadouer le représentant de l'Etat en l'invitant à prendre une tasse de café dans la cuisine.

– Vous m'aviez pourtant juré que les ennuis étaient finis! dit Bo, tout attentif à sa bouilloire électrique.

Sincèrement désolé, l'inspecteur baissait la tête dans son dossier à la recherche d'un papier :

– Il y a du nouveau, monsieur Boldinger. A la suite d'une nouvelle plainte hier soir tard, je dois vous dire que votre mariage risque d'être annulé...

– Ouille!

C'était Bo qui se brûlait.

L'inspecteur releva la tête :

– Exactement... heu... Mme Boldinger a déjà été mariée... Etiez-vous au courant?

Bo s'efforça de rester calme :

– Absolument pas... Et elle est divorcée?

– Non..., apparemment veuve!

– *Veuve!*

Bo souriait, soulagé.

L'inspecteur Telman ne put s'empêcher d'être un peu choqué :

– Ce n'est pas drôle, monsieur Boldinger!

Bo se reprit. Il versa du café dans les deux tasses et tenta d'expliquer :

– Non, c'est... (Il cherchait et ne trouva que les propres mots d'Audrey)... c'est machinal...

– Qu'est-ce qui est machinal?

Le jeune inspecteur était de plus en plus étonné.

– Rien, c'est le mot *veuve,* ça fait rire...

Bo, agacé, mit une cuillerée de sucre dans une tasse et deux saccharines dans l'autre.

– Bon, alors?

Il tendait la tasse « à sucre » vers l'inspecteur. Celui-ci but une gorgée trop chaude, souffla sur le liquide, rajouta deux cuillerées de sucre et se décida enfin à expliquer :

– En premier, Mme Boldinger a « omis » de signaler ce mariage... lors de votre mariage...

La nuit avait rendu Bo enclin à l'indulgence :

– Cela ne me semble pas trop grave... Si cet homme, un Français probablement, ne l'a pas rendue heureuse, n'est-ce pas?

L'inspecteur fit une grimace, sans que Bo sache si celle-ci s'adressait au café trop chaud ou à sa réponse de macho xénophobe.

– Ce n'est pas une question de bonheur, monsieur Boldinger, mais d'état civil... La loi est la loi et, aux yeux de la loi, c'est un faux qui empêche votre mariage d'être vrai...

Il acheva son café sucré et lécha ses lèvres, appréciant visiblement le sirop qu'il venait de boire.

– Un bon mouvement, inspecteur, lança Bo, encouragé. Mme Boldinger a dû vouloir le cacher par... (Il était soudain un peu moins sûr de lui)... une excessive pudeur féminine... Que voulez-vous, un mort est un mort et réveiller sa mémoire ne servirait à rien... Allons, oubliez l'oubli de ma femme et... arrangez-nous cela...

En homme habitué à vivre seul, Bo desservait les tasses. Il se baissa pour les mettre soigneusement dans le lave-vaisselle. L'inspecteur hocha la tête :

– Nous ne sommes pas des ogres au département de justice, M. Boldinger. Nous pourrions peut-être, au vu des circonstances, après avoir rectifié votre acte de mariage, passer l'éponge sur le veuvage, mais l'ennui... c'est pour *le reste?*

Bo se redressa, vraiment inquiet :

– Le reste de quoi?

La porte du lave-vaisselle se referma sur ses doigts.

## COMME QUOI IL EST QUAND MÊME DIFFICILE D'AVOIR LE GATEAU ET EN PLUS DE LE MANGER

*LA BELLE FRANÇAISE N'EST-ELLE QU'UNE INTRIGANTE?* titrait la *Semaine de Detroit.*

*AUDREY FRONSAC, ÉPOUSE DE NOTRE CONCITOYEN LE PR BOLDINGER, a-t-elle été mêlée en France au scandale des actions immobilières de Super-Nice?* demandait le *Mount Pleasant Journal.*

*UN MARIAGE A LA CARTE... Bo Boldinger compromis par sa deuxième femme, la Française Audrey Fronsac! Le savant l'a-t-il épousée uniquement pour lui fournir des papiers de complaisance? Il va sans doute y perdre ses chances au prix Nobel!* déclarait sans ambages le *Flint Journal;* quant à la *Gazette de Bay City,* elle n'y allait pas par quatre chemins :

*LA FRANÇAISE BIGAME! LE SAVANT ABUSÉ! L'INDUSTRIEL ACCUSATEUR! S'agit-il réellement d'un cas de bigamie dans l'Etat du Michigan? On est en droit de le supposer... Nous rappelons brièvement les faits : Après la brutale disparition de l'architecte international Maurice Fronsac, l'homme qui a construit entre autres la baie de São Paulo et les buildings de Djakarta, sa femme, la glamourous Audrey, très connue des milieux parisiens pour son élégance, a brusquement quitté la France sans laisser d'adresse... Lorsque l'on découvre ces jours-ci sa trace, Audrey Fronsac est officiellement mariée avec notre compatriote le Pr Bo Boldinger, mais celui-ci n'est pas en mesure de dire où se trouve de nouveau sa femme* (sic) *actuellement! Est-elle simplement partie en vacances? A-t-elle fui devant la plainte déposée au district attorney de Detroit par M. David Crook, propriétaire de Crook and Crook Beans, qui affirme bien haut : MAURICE FRONSAC N'EST PAS MORT!*

Bo reposa les journaux. Il pouvait lire la dépêche de Kalamazoo ou le quotidien d'Ann Arbor, c'était partout le même style. Même les journaux de New York parlaient en première page de « l'affaire » du Michigan. Chacun avait sa version et les reporters débarquaient par hordes à Mount Pleasant.

Bo fermait sa porte. Il refusait de répondre à toutes les questions idiotes que l'on pouvait lui poser, y compris de savoir s'il allait offrir son sperme à la Banque des Surdoués.

Sa voisine, Mme Parker, ravie de cette agitation, tenait par contre des conférences de presse quasi quotidiennes, donnant force détails sur le Pr Boldinger, un homme-si-bien-certainement-abusé-par-une-femme-sans-scrupules!

Ivre de rage devant cette affirmation, Bo avait surgi comme un diable pendant le breakfast des Parker pour dire poliment à sa voisine de fermer son clapet.

La pauvre Mme Parker avait mis deux jours à s'en remettre.

Devant le scandale, Bo faisait front, mais donner

ses cours devant les étudiants beaucoup plus attentifs aux articles de presse qu'à la socio-biologie était devenu un enfer quotidien.

Aller à l'université crucifiait Bo. Il songeait même à demander un congé sans solde.

Il aurait voulu savoir qui était réellement David Crook, véritable instigateur, il le sentait, du scandale.

Maintenant, Bo regrettait de lui avoir claqué la porte au nez lorsqu'il était venu le lendemain matin de la nuit..., sa seule nuit avec Audrey.

Après le départ de l'inspecteur Telman, Bo finissait de s'habiller lorsque trois hommes avaient sonné à sa porte. Tout en nouant son nœud de cravate, il s'était contenté de passer la tête à la fenêtre de la chambre jaune pour interroger :

– Vous désirez?

– Audrey Fronsac!

Le plus grand des trois hommes levait les yeux vers Bo. Celui-ci ressentit une antipathie immédiate pour cet individu, assez beau garçon, puissant et sûr de lui.

– Elle n'est pas là.

– Vous êtes le Pr Boldinger?

– Oui.

– C'est vous le mari?

– Je vous ai demandé ce que vous désiriez, monsieur, avait répondu Bo, aussi agacé par cet interrogatoire que par le ton hautain de l'homme.

– Je veux parler à Mme Fronsac...

– Je vous répète que Mme Boldinger est partie... Laissez-moi votre adresse, elle vous appellera dès son retour.

– *Ça, j'en doute...*

Le ricanement de David Crook avait désagréablement résonné aux oreilles de Bo.

– Dans ce cas, au revoir, monsieur!

Les trois hommes étaient partis et la succession

de scandales n'avait cessé, jour après jour, de s'abattre sur Bo. Cela faisait plus d'un mois que cette situation infernale durait.

Audrey n'avait donné aucune nouvelle... Rien... Le vide!

Au début, sans vouloir se l'avouer, Bo sursautait à chaque coup de téléphone. La perfection de l'amour avec Audrey, le mot qu'elle avait laissé lui faisaient espérer un signe et une explication valable. Les jours passant dans le silence, Bo se sentit d'abord accablé. Il la chercha dans toute la région, de Flint, où elle avait quitté son travail de direction dans une maison de vêtements, à sa cabane de la clairière et jusqu'à Muskegon où, sans savoir pourquoi, il espérait la retrouver cachée au Paradise Motel. Enfin, peu à peu, le véritable chagrin qu'il ressentait de sa disparition, l'incompréhension de son attitude laissèrent la place à la rage... Une rage froide et implacable qui montait de ses entrailles...

Bo se sentait devenir une bête sauvage. Il rêvait de tenir Audrey entre ses mains pour l'étrangler. Elle représentait tout ce qu'il haïssait : une femme riche, adulée, une mondaine posant pour les magazines, une voleuse de voiture, une menteuse, une croqueuse d'hommes et plus particulièrement de maris! Il était dans cette disposition d'esprit lorsque William frappa à la porte de la cabane où il s'était réfugié pour le dimanche.

– Ah!... Tu lisais les journaux, Bo?

– Oui.

– Tu veux faire un tour en kayak?

Pagayer dans les remous de la rivière de sable fit du bien à Bo. Pendant les deux heures de descente sportive, il oublia presque la série de catastrophes qui s'étaient abattues sur lui.

Les deux amis avaient leurs habitudes. Ils s'arrêtèrent au rocher de granit rose pour reprendre leur souffle. Taciturne, Bo suivait du regard le vol impérial d'un griffon fauve; soudain, William murmura, accablé :

– Tu sais, Bo..., pour ton affaire, je me sens tellement fautif...

Bo, étonné, dévisagea son ami :

– Tu n'y es pour rien, mon vieux.

Un soupir à fendre l'âme jaillit de la large poitrine de William :

– Je dois libérer ma conscience... Tu sais, la première enquête sur ton mariage? Eh bien, c'est Lili qui l'a déclenchée.

Bo se contenta de soulever les sourcils :

– Lili?

– Elle t'aime, mon vieux..., elle t'aime... Quand je l'ai su, il était trop tard, elle était si jalouse de cette Française... Tu comprends, n'est-ce pas?

– Pas très bien, répondit Bo, glacé.

Le pauvre William s'empêtrait de plus en plus :

– Il ne faut pas y voir mal, Bo, elle a pris ça comme un jeu...

– Drôle de jeu... Dénoncer à la justice le meilleur ami de son père! C'est tout à fait normal, elle s'ennuyait, cette petite! Bon Dieu, que je suis heureux de ne pas avoir d'enfants! Quelle calamité à notre époque! Et c'est elle aussi, sans doute, qui vient de se livrer à ces distractions policières favorites en inventant des bobards monstrueux? interrogea Bo, soudain plein d'espoir.

– Ah! non, là Lili n'y est pour rien.

Le ton de William était sans réplique, il ajouta :

– Ça doit même être pour elle, comme pour tout le monde, une vraie surprise!

*La bigamie,* une surprise!

William avait de ces mots... Bo aurait dit une bombe...

Pourtant, la vraie bombe éclata le lendemain matin. Une convocation de l'inspecteur Telman attendait Bo à l'université : Mme Audrey Fronsac Boldinger s'étant enfin spontanément présentée pour se mettre à la disposition de la justice..., une confrontation de tous les participants à cette affaire devait avoir lieu le mardi après-midi à 3 heures au bâtiment de justice et immigration de Detroit, dans le bureau de l'inspecteur Telman. La présence du Pr Boldinger était bien sûr indispensable!...

Il était midi lorsque Bo, vêtu d'un impeccable costume sombre, sortit de l'université.

Un groupe d'étudiants, parmi lesquels se trouvait Lili, écoutait avec beaucoup d'attention un transistor. En apercevant le Pr Boldinger, les jeunes gens coupèrent aussitôt le son. Lili, gênée, baissa la tête comme une enfant surprise en flagrant délit de manger du chocolat.

Bo, très digne, s'éloigna en direction de son camion comme s'il n'avait rien remarqué.

William rattrapa son ami au moment où celui-ci mettait la clef de contact :

– Tu y vas maintenant?

Bo hocha la tête.

– Je peux t'accompagner, Bo?

C'était vraiment gentil de la part de William. Brusquement soulagé de ne pas aller à Detroit tout seul, Bo admit en lui-même que William n'était pas entièrement responsable de sa péronnelle de fille!

– Tu ne l'as pas revue depuis? interrogea William.

Bo comprit aussitôt de qui il s'agissait et il se contenta de secouer la tête :

– Hon-hon...

En passant, il ne put s'empêcher de jeter un regard à la station-service d'Oil City où il avait chargé son auto-stoppeuse française... Il y avait un siècle au moins!

– Alors, ça va être la première fois? insista William.

Bo hocha la tête :

– Hon-hon...

– Elle ne t'a même pas téléphoné?

Bo secoua la tête :

– Hon-hon...

D'un geste sec, il alluma sa radio.

La voix guillerette d'une speakerine annonçait :

– Et voici le grand succès du groupe Frisco French : *On ne peut pas avoir le gâteau et en plus le manger...*

Audrey mordit sa lèvre supérieure. Bo... Elle allait revoir Bo. Quelle serait son attitude? Elle essayait de se rassurer. Quand elle lui expliquerait, bien sûr, il comprendrait... Pourtant, au fur et à mesure qu'Audrey avançait vers Detroit, moins elle était sûre d'elle-même, de ses raisons et de convaincre Bo.

Elle se jeta un coup d'œil rapide dans le rétroviseur de la Chrysler, lécha son index pour lisser l'arc parfait de ses sourcils brun-rouge. Elle regrettait d'être partie sans l'appui de personne. Elle aurait dû venir avec *eux* et puis aussi avec Simone...

Non, quelle lâcheté! Elle devait affronter toute seule et courageusement ce qui l'attendait! Et puis, elle n'était pas si seule : Monsieur Flint dormait à l'arrière.

Pour se calmer, Audrey alluma la radio. Le groupe Frisco French chantait en français le dernier succès à la mode : *You can't have your cake and eat it too... Si si si, on peut avoir le gâteau et en plus le manger... No no no, you can't...*

Audrey, agacée, changea de poste. Un speaker enjoué conseillait à l'auditeur :

– Pour réussir vos dîners, une seule adresse, le restaurant The Embers... Toutes les spécialités exotiques, aussi bien orientales que françaises...

Un coup de cymbales fit sursauter Audrey. Bon Dieu, qu'elle était nerveuse!

La voix guillerette d'une speakerine annonçait :

– Après le rebondissement spectaculaire dans l'affaire de bigamie qui remue notre région, nous sommes allés interroger le dernier mari de Mme Audrey Fronsac... Professeur Boldinger, que pensez-vous de votre femme, si femme il y a, et de la situation peu banale où vous vous trouvez?

Audrey pâlit. La réponse de Bo tardait à venir. Soudain, la voix qu'elle aimait résonna dans la voiture, un peu métallique, mais si proche :

– Le socio-biologiste se doit toujours d'analyser très froidement les faits et gestes de son entourage... Sachez, mademoiselle, que même les primates...

Audrey coupa la radio. Un sanglot monta dans sa gorge. Bo lui en voulait à mort... *Jamais..., jamais* il ne lui pardonnerait...

– La voilà, la voilà...

Une dizaine de journalistes attendaient sous le vaste porche. Ils se précipitèrent vers Audrey.

Très élégante dans un tailleur caramel, apparemment fort sûre d'elle-même, Audrey claqua la portière de la Chrysler.

Un sourire de sphinx sur ses lèvres roses, le french poodle blanc dans les bras, Audrey chercha, sous le feu roulant des questions des représentants de la presse, à gagner l'entrée du bâtiment de justice.

– Madame Fronsac, avez-vous réellement épousé le Pr Boldinger pour une carte de travail?

– Que pensez-vous des Etats-Unis?

– Où se trouve Maurice Fronsac actuellement?

– Etes-vous encore amoureuse de votre premier mari?

– Maurice Fronsac est-il un escroc?
– Avez-vous votre responsabilité dans le désastre de Super-Nice, en France?
– Que pensez-vous des hommes américains?
– Font-ils mieux l'amour que les Français?
– Qui est David Crook pour vous?
– Si Maurice Fronsac est vivant, pourquoi avoir caché sa mort?
– Qui préférez-vous dans votre lit? Maurice Fronsac ou Bo Boldinger?
– Allons, êtes-vous bigame?
Audrey était arrivée sous le porche. Elle monta une marche, puis se retourna, charmante :
– Messieurs, je n'ai qu'un mot à vous dire...
Tête levée, les journalistes attendaient une déclaration définitive. C'est Monsieur Flint qui la donna en aboyant brusquement.
– Les voilà, les voilà!
Un autre piquet de journalistes prévenait les premiers.
Le camion jaune de Bo et une voiture noire arrivaient en même temps. Ils se garèrent nez à nez. Bo et Will descendirent rapidement de leur véhicule, tandis que David Crook, Jean-Marie Leduc et le détective Rinaldo French jaillissaient en même temps de leur superbe berline.
– Monsieur Crook... Monsieur Crook... Affirmez-vous toujours que Mme Fronsac est bigame? lancèrent les journalistes allant à la pêche.
– Je l'affirme.
– Avez-vous des preuves?
– J'en ai.
– Lesquelles, lesquelles?
– Je ne parlerai que devant la justice... Messieurs...
David Crook écartait les journalistes. Ceux-ci se retournèrent vers Bo :
– Professeur Boldinger, professeur Boldinger,

que pensez-vous du mariage avec une femme française?

– J'en exclus la monotonie!...

La réponse de Bo eut beaucoup de succès. Sur les éclats de rire des journalistes, Bo et David Crook s'affrontèrent du regard. Puis les deux hommes, suivis de leurs « partisans », montèrent, comme dans un western, l'escalier de la justice au pas cadencé.

Audrey avait déjà disparu à l'intérieur du bâtiment.

Le jeune inspecteur Telman ne s'attendait pas à un tel vacarme. Tout le monde parlait en même temps :

– Pas du tout!

– Non, David!

– Si, si!

– Voilà!

– C'est très simple!

– Exactement!

– Complètement faux, Audrey!

– Ridicule...

– Et qui êtes-vous?

– Ce n'est pas vrai.

– Pourquoi dites-vous cela?

– C'est la vérité.

– Absolument pas!

– Je récuse...

Enervé par l'ambiance, Monsieur Flint mêlait sa voix à celles des humains.

– Un peu de silence, je vous prie, ou je fais évacuer le chien!

C'était l'inspecteur Telman, excédé du tohubohu.

Il fut presque étonné d'être si bien obéi.

Une paix miraculeuse s'abattit dans le bureau. Le jeune inspecteur dévisagea sévèrement tous les participants qui n'étaient pour le moment que des témoins ou des accusés en puissance.

Devant la table de Telman, il y avait les principaux acteurs, assis en rang d'oignons. Bo jouait les indifférents; Audrey, Monsieur Flint sur les genoux, jouait les anges; David Crook jouait les calmes mais ne pouvait dissimuler sa nervosité.

Derrière eux, sur l'ordre de l'inspecteur, les « partisans » attendaient leur tour d'interrogatoire. Il y avait William, finalement très gêné de se trouver dans ce piège, Rinaldo, le détective endormi, et le garçon brun, Jean-Marie Leduc, bien réveillé, lui!

– Madame... hum... Voyons, recommençons du début. (L'inspecteur était visiblement impressionné par la beauté d'Audrey.) Tout d'abord, pourquoi avoir caché à la justice des Etats-Unis, et par cela même à votre dernier mari M. Boldinger, votre mariage avec votre premier époux, M. Fronsac?

– Je ne l'ai pas caché, monsieur l'inspecteur, je ne l'ai pas dit, c'est tout...

Devant cette évidence lancée par Audrey d'un ton aussi charmant que naturel, l'inspecteur resta sans voix.

Bo demeura de marbre. S'il bougeait, il l'assassinait!

Il sentait son parfum tout proche..., son bras presque contre le sien..., sa respiration..., ses cheveux auburn... Tiens, ils avaient poussé! Cela lui allait bien... La garce, elle était en train de retourner l'inspecteur comme un pancake!

– Bien sûr, bien sûr, madame Boldinger... Enfin, madame Fronsac...

Ce crétin d'inspecteur, enclin à une indulgence douteuse, prenait Bo à témoin :

– Evidemment, pour cette charge, s'il n'y avait pas intention d'omission et que vous ne portiez pas plainte, monsieur Boldinger, avec intention d'annulation, n'est-ce pas...

Bo, très froid, ne répondit pas à cette perche tendue.

Un peu déçu, l'inspecteur Telman se retourna, soudain plus sévère, vers Audrey :

– Seulement, madame, dans cette regrettable omission, n'y avait-il pas intention d'obtenir plus rapidement cette fameuse carte verte?

– Au début, oui, admit Audrey sans regarder Bo.

– Au début... hem... pouvez-vous vous expliquer davantage, madame? hem hem...

Brusquement attendri, le jeune Telman toussotait. Bo serra les poings dans les poches de sa veste. Il ne voulait pas écouter tous ses mensonges, ses histoires; il était sûr et certain qu'elle inventait n'importe quoi... Pourtant, comme tous les autres, il écouta la voix mélodieuse qui expliquait :

– Voyez-vous, monsieur l'inspecteur, après le désastre de Super-Nice et la disparition de mon mari, Maurice Fronsac, j'étais totalement ruinée, poursuivie par la curiosité et dans l'impossibilité, avec un nom trop lourd à porter, de trouver le moindre travail en France...

L'inspecteur interrompit doucement le récit d'Audrey :

– Vous auriez pu reprendre votre nom de jeune fille, madame Fronsac.

Elle eut une moue désabusée :

– C'est le même, je suis née Fronsac... Mon mari était un cousin très éloigné de la branche Fronsac-Dulac, mais il avait pris l'habitude de couper son nom en deux... Lorsque je me suis retrouvée seule, j'étais trop connue... J'ai donc décidé d'émigrer et... de tout recommencer de zéro!

– De zéro! répéta l'inspecteur.

Il jeta un fugace regard vers Bo. Celui-ci, comme

si ce discours ne l'avait aucunement concerné, levait les yeux au ciel. Au fond de lui, Bo étouffait, ulcéré du déballage devant ces étrangers, mais, de même que tous les autres, il attendait le moment crucial.

– Vous savez, monsieur l'inspecteur, reprit Audrey d'un ton si sincère qu'il eût attendri le plus féroce district attorney, ce n'est certainement pas rose de naître pauvre et de le rester..., mais être riche et gâtée pour devenir si misérable, alors que tout le monde vous connaît et ne croit pas réellement à votre chute..., surtout si vous n'êtes pas seu...

Après un regard vers Bo, Audrey s'interrompit brusquement.

– Je comprends, je comprends... (L'inspecteur n'était pas si sûr de comprendre.) Mais vous savez, madame, de quoi vous accuse M. Crook ici présent ?

Audrey haussa les épaules :

– Cela ne tient pas debout !

Comme s'il y avait eu une raison de cause à effet, David Crook, furieux, bondit sur ses pieds :

– C'est trop fort, vous m'avez dit, à moi, que MAURICE FRONSAC, VOTRE MARI, N'ÉTAIT PAS MORT !

Audrey leva ses beaux yeux vers Crook :

– Ce n'est pas parce que je vous l'ai dit, David, que c'était vrai !

Elle avait parlé très doucement.

C'en était trop !

Bo plaignait presque ce pauvre ballot de David Crook qui avait dû se faire avoir jusqu'au trognon. Il hurlait :

– Elle ment, elle n'arrête pas de mentir ! Maurice Fronsac est vivant ! Il a simulé un suicide et s'est enfui en Australie, où elle voulait le rejoindre quand elle aurait gagné l'argent du voyage... Voilà pourquoi elle cherchait du travail ici! Vous comprenez?

Crook donnait de grands coups sur la table. L'inspecteur Telman, vexé, remit ses papiers en place :

– En tout cas, je ne suis pas sourd, monsieur Crook... Veuillez vous rasseoir et attendre d'être interrogé quand je le jugerai bon, sinon je vous fais évacuer!

Rouge de fureur, le propriétaire de « Crook and Crook Beans » dut se résoudre à obéir.

Devenu soudain aussi sévère qu'un juge quaker, à qui il ne manquait que la perruque, l'inspecteur Telman interrogea :

– Madame Fronsac, est-il exact que vous ayez promis le mariage à M. David Crook?

Un silence éloquent répondit.

L'inspecteur insista :

– Madame, je vous somme de me répondre!

Audrey mordit sa lèvre supérieure. Elle regarda encore Bo. Celui-ci s'absorbait dans la contemplation, sans doute passionnante, d'une mouche posée sur un presse-papiers. Audrey avala sa salive avec un rien de difficulté, puis elle se lança :

– Oui, Votre Honneur, j'ai fait la connaissance de David Crook à Paris, peu de temps après mon veuvage, et je... je suis allée le rejoindre, à sa demande, à Detroit pour me marier, en effet. Il me semblait que c'était la solution à... à tous mes ennuis...

– Hum... La cérémonie était même prévue pour... (L'inspecteur consulta ses papiers)... le vendredi 12...

Bo dut se maîtriser pour ne pas se livrer à des voies de fait sur sa voisine...

Le vendredi 12, à 4 heures de l'après-midi probablement! Madame devait donc convoler avec ce boucher, ce putois, ce triple imbécile prétentieux, dont Bo ne pouvait supporter le physique de faux footballeur mélangé de gangster High Society à la gomme!

Bo en restait pantois. Comment une femme digne de ce nom pouvait-elle seulement accepter l'idée de rejoindre un Crook de « Crook and Crook Beans » en vue de l'épouser!

Si Crook avait été le dernier homme d'une île déserte, Bo pensait, très sérieusement, qu'Audrey aurait dû préférer le chimpanzé du premier cocotier à ce genre de type, fier de sa fortune, de ses haricots dégueulasses et de sa force bestiale absolument répugnante!

Bref, Bo ressentait pour David Crook une antipathie assez marquée. Il détestait par instinct ce genre de personnage riche qui veut en imposer par son pognon... Il détestait tout homme ayant tenu Audrey dans ses bras... De toute façon, aujourd'hui, il haïssait la terre entière... Bo prit une cigarette pour se calmer et il se força à écouter le récit d'Audrey, avec le masque parfaitement lassé du monsieur-fatigué-d'histoires-ne-le-concernant-pas!

– Oui, tout était prêt pour notre mariage. Mais, le jeudi soir, je... je me suis rendu compte que... qu'il m'était finalement impossible d'épouser M. Crook...

La voix d'Audrey mourut presque sur les derniers mots. Bo était obligé de tendre l'oreille pour entendre ce qu'elle disait. Pas très fière, la dame!

– Réaction intéressante, que nous aimerions voir développer...

C'était le jeune Telman qui jouait les psychanalystes, puis il ajouta :

– Pouvez-vous parler un peu plus fort, madame... Nous sommes obligés de tendre l'oreille.

La mouche vrombissait sur les dossiers. D'une grande tape, Crook l'écrabouilla. Bo se sentit l'âme d'un bouddhiste protégeant toute forme de vie. Il eut une telle envie meurtrière de retourner une beigne sur Crook que ses mains en tremblaient.

Sa voisine ne parlait pas. Surpris de ce mutisme, Bo lui jeta un coup d'œil en coin. Audrey regardait les mains de Bo. Elle poussa un soupir. Peut-être y avait-il un espoir?... Elle releva la tête et reprit courageusement en s'adressant, par-dessus Bo, directement à David Crook :

– Je suis désolée, David. Vous avez été si gentil avec moi... Je n'ai pas bien agi... Mais, voyez-vous, j'espérais vous... vous aimer ou, du moins, pouvoir être une vraie épouse... Vous êtes quelqu'un de très bien, David...

Elle était bien la seule de cet avis! pensa Bo, excédé.

– Rappelez-vous, j'ai essayé de vous dire...

Audrey se souvenait de ce jeudi soir tragique à Detroit. Elle avait tout pour être heureuse dans la luxueuse maison de David Crook à Grosse Pointe... Tout, sauf qu'elle savait à quel point Crook était amoureux et elle ne l'aimait pas..., pas du tout... L'idée de sentir les mains de Crook sur son corps la hérissait.

Sinistre, les deux poings sous le menton, assise devant une coiffeuse, Audrey réfléchissait : dans quelle situation s'était-elle jetée en acceptant la proposition de Crook! De plus, elle ne l'avait bien sûr pas mis au courant de son véritable état... Le crime attire le crime et le mensonge le mensonge... Comment Crook accepterait-il Chicago? Son instinct, d'autre part, lui disait qu'il n'était pas l'homme qui pouvait remplacer à tous les points de vue Maurice Fronsac. Audrey en était là de ses sombres réflexions lorsque David Crook était entré dans le petit salon. Il avait aussitôt pris Audrey dans ses bras. Il voulait l'embrasser, profiter de ses droits de fiancé, marié dès le lendemain. Audrey l'avait repoussé. Elle ne pouvait supporter un baiser de Crook. C'était animal!

– Pardon, David..., ne m'en veuillez pas trop... Nous ne pouvons pas nous marier..., enfin pas pour de vrai...

– Comment ça, pas pour de vrai?

– Faisons un mariage blanc... Si vous voulez me rendre service pour ma carte de...

Audrey n'avait pu achever. David Crook était devenu violent. Il l'avait saisie par les épaules, la secouait, hurlant qu'elle le ridiculisait vis-à-vis de ses amis, famille, relations de Grosse Pointe... Cinq cents invitations étaient parties pour la grande réception du lendemain... Cela ne se passerait pas comme ça. Elle lui avait promis le mariage, elle se marierait de gré ou de force et elle serait sa femme à tous les égards!

Bien sûr, la fureur de David Crook cachait un réel chagrin, Audrey en était consciente. Elle aurait bien voulu être Mme David Crook, mais elle *ne pouvait pas!* C'est alors qu'elle avait eu l'*idée.* Levant la tête vers Crook, dont la violence la terrorisait, elle avait jeté aux orties :

– Je ne suis pas veuve... Maurice est vivant... Il s'est enfui en Australie... Je dois le rejoindre...

Une demi-heure plus tard, elle quittait subrepticement la maison de Crook avec quelques bagages... Il n'y avait plus de départs pour les autres villes...

A l'hôtel, elle s'apercevait qu'elle n'avait plus d'argent... Elle quittait sa chambre à l'aube sans payer..., sautait dans le premier bus, n'importe lequel pour fuir au plus vite, et se retrouvait à Oil City, cherchant du travail pour pouvoir regagner Chicago... où on attendait de ses nouvelles et quelque argent. C'est là, au restoroute, qu'elle avait rencontré Bo...

Audrey avait fait un récit plus rapide et édulcoré. Elle acheva simplement par :

– Mais je suis bien veuve. Maurice n'est plus vivant...

A ces mots, Bo plissa les paupières comme un chat. Dans le silence qui suivit, Audrey ouvrit rapidement son sac et posa des papiers devant l'inspecteur Telman :

– Voici l'acte officiel de décès de mon mari Maurice Fronsac et un non-lieu, monsieur l'inspecteur, prouvant que j'ai été complètement étrangère au désastre financier de Super-Nice.

Le jeune Telman prit connaissance des actes officiels avec une certaine lenteur, car ils étaient écrits en français, puis il réfléchit et se décida à donner son opinion en s'adressant, à tour de rôle, à Bo et David Crook :

– A ma connaissance, messieurs, il n'y a pas de loi interdisant à une veuve ne voulant pas se remarier de prétendre que son mari mort est vivant... Il y a, par contre, une loi obligeant un vivant à donner l'état civil du mort... Même... (Il eut un sourire complice pour Bo, toujours imperturbable) si le mari vivant ne porte pas plainte pour le décédé et que les témoins présents n'aient aucune autre révélation à apporter sur les vivants, ni sur les morts...

Après un coup d'œil sur les témoins, Terry Telman interrogea :

– Monsieur William Covington, avez-vous quelque chose à déclarer?

– Non, monsieur l'inspecteur... Heu si, balbutia William. Je... Je m'excuse pour la plainte de ma fille qui... que...

L'inspecteur fronça les sourcils :

– De ce côté-là, l'affaire est réglée... Monsieur Rinaldo French, détective privé, vous avez été engagé par M. Crook?

– Oui, monsieur l'inspecteur.

– Avez-vous découvert quelque autre fait susceptible d'éclairer la justice?

– Heu, non..., non, monsieur l'inspecteur, je n'ai rien découvert, avoua le détective, assez piteux.

– Monsieur Jean-Marie Leduc?

Le garçon brun se leva, tandis que les deux autres se rasseyaient :

– C'est moi, monsieur l'inspecteur!

Il avait un accent continental assez charmant à l'oreille.

– Vous êtes français, monsieur Leduc?

– Et journaliste à *Paris-Midi!*

Il sortait une carte de presse de sa poche.

– Vous connaissez Mme Boldinger?

– Très bien, monsieur l'inspecteur! répondit aussitôt Jean-Marie Leduc.

Devant le regard assassin de Bo et l'expression étonnée d'Audrey, le journaliste se reprit vivement :

– Je veux dire que Mme Audrey Fronsac est très célèbre en France... Notre journal a fait beaucoup d'articles sur elle et ses...

Le journaliste s'arrêta brusquement. Audrey ne le regardait plus. Elle se mordait la lèvre supérieure. Bo, impitoyable, se sentait l'âme d'un piranha... On allait bien arriver à lui arracher ses secrets un à un...

– Continuez, monsieur Leduc, et ses quoi? fit l'inspecteur d'un ton encourageant.

Sans cesser de regarder Audrey, Jean-Marie Leduc débita :

– Ses toilettes, ses chiens... Vous savez ce que c'est une certaine presse parisienne...

– Hon... hon... Et pourquoi, monsieur Leduc cherchiez-vous aussi Mme Fronsac en compagnie de M. Crook? interrogea encore l'inspecteur Telman.

– Je suis arrivé au domicile de David Crook alors qu'Audrey Fronsac venait... de quitter rapidement les lieux... David Crook était anéanti... Je lui ai fait part de mes doutes quant à l'éventuelle survie de

Maurice Fronsac... David Crook a repris courage et nous avons uni nos efforts en engageant Rinaldo French, détective, pour retrouver Audrey Fronsac...

– Je vous ai posé une question : pourquoi vouliez-vous à tout prix retrouver Mme Audrey Fronsac?

Bo entendit la respiration d'Audrey. Il sentait qu'elle devinait pourquoi la presse la recherchait aussi activement, mais, comme lui ne le savait pas, il écouta attentivement.

Le journaliste eut un geste assez sympathique d'excuse pour Audrey avant de répondre :

– J'aurais aimé vous en parler plus tranquillement, madame... *Paris-Midi* offre 300 000 dollars pour les droits mondiaux de vos Mémoires.

Bo faillit émettre un sifflement ironique.

300 000 dollars, Madame était sortie d'affaire. Elle pourrait étaler dans la presse à scandale tout son déballage pseudo-sentimental de veuve au grand cœur. Bien sûr, elle ne protestait pas. Elle se taisait à ses côtés. Elle allait le prendre, son magot, et se tirer avec... le plus loin possible, c'est tout ce que Bo espérait!

Une vague de fureur l'avait envahi. Il était asphyxié! Ça..., c'était pire que tout! Un voile rouge passa devant ses yeux.

L'inspecteur Telman s'adressait à lui :

– Monsieur Boldinger, vous êtes après tout le principal intéressé dans cette affaire. Qu'avez-vous à déclarer?

Il allait lui montrer son mépris, avec une phrase aussi lapidaire que dédaigneuse. Bo ouvrit la bouche. C'est Audrey, plus rapide, qui répondait à sa place :

– Je crois, monsieur l'inspecteur, que M. Boldinger est, comme moi, assez désireux de retrouver rapidement sa liberté...

Bo croyait rêver. Voilà qu'elle dictait maintenant ses ordres à la justice. Cet imbécile de Telman, bouche bée, sous le charme, écoutait, approuvait Audrey.

La décision de l'inspecteur arriva sans tarder :

– Après délibération – on se demandait avec qui! – ... le département de justice, estimant que M. Boldinger Beauregard n'a pas pu jouir de toute la clarté nécessaire concernant l'état civil de Mme Fronsac Audrey, décide, en raison de l'omission et la quasi-certitude d'intention, l'annulation pure et simple de la licence de leur union.

Bo poussa un soupir de soulagement. Elle avait raison, la garce, c'était exactement ce qu'il désirait. LA LIBERTÉ.

L'inspecteur n'avait pas terminé. Avec un sourire exquis, il se retourna vers Audrey :

– Toutefois, en raison des circonstances particulières qui entourent cette affaire, le département d'immigration, voulant faire preuve de mansuétude et de pondération, ordonne de conserver à Mme Fronsac Audrey sa carte de séjour et de travail..., lui permettant, par ce fait, d'être en règle avec la législation et l'administration des Etats-Unis.

Le tour était joué!

Comme toujours, Audrey avait eu tout ce qu'elle voulait!

Bo était maintenant pressé de partir..., mettre la plus grande distance possible entre elle et lui. Sans un regard pour Audrey, il quitta le bureau de Terry Telman.

Les reporters guettaient à la sortie du bâtiment de justice.

Suivi du fidèle William, Bo piqua un sprint vers son camion afin d'éviter les questions. Il savait qu'Audrey quittait à son tour le building. Il ne voulut pas se retourner pour la voir sur les marches, son french poodle blanc entre les bras. Très à l'aise, elle donnait une véritable conférence de presse. Il démarra en trombe.

– Eh bien, te voilà débarrassé d'elle! fit William.

– Oui.

– Tu lui as donné ta Chrysler?

– Oui.

– Tu as eu raison.

– Oui.

– Comme ça, tu ne la reverras pas!

– Non...

– Bon débarras.

– Oui.

Sur ce mot laconique, Bo mit son clignotant pour prendre le grand freeway en direction de Pontiac et de Bay City. La circulation de 6 heures l'absorba jusqu'à Mount Pleasant.

Et la vie de Bo reprit à l'université... Les journaux avaient maintenant d'autres chats plus importants à fouetter : le pétrole, l'inflation, le chômage... On oublia peu à peu l'ouragan français qui avait déferlé sur le Middle West... Bo reçut ses papiers annulant son « mariage à la carte »... Un mois passa... TOUT ALLAIT BIEN..., même très bien pour Bo. Les examens de fin d'année approchaient.

Un été très chaud s'annonçait.

Bo irait, comme chaque année, faire du kayak dans le Colorado.

## LE DERNIER ROUND

C'était le dernier week-end de l'année avant les vacances. Bo prit le chemin de sa cabane. Il n'y était pas allé depuis son divorce!

Sans savoir pourquoi, il n'aimait plus sa clairière enchantée et songeait même à s'en débarrasser. Mais il devait absolument achever la construction du hangar à canoës et creuser une tranchée de canalisation.

William était parti avec Lili marier une nièce dans l'Illinois.

Il plut pendant deux jours et deux nuits, sans discontinuer.

Complètement dégoûté et de plus enrhumé, Bo rentra à la résidence des Oiseaux dès le dimanche soir. Il prit des cachets. A 7 heures du matin, Matt le réveilla en lui déclarant d'un ton tragique que la radio venait d'annoncer le prix Nobel de sociobiologie à Edmund von Garmitch, un Berlinois dont Bo connaissait et admirait les travaux.

Bo consola Matt de son mieux et il raccrocha, fataliste. Non, il n'avait plus la pêche!

La place de vice-président allait certainement lui échapper aussi... Qu'importe... Bo songeait de plus en plus à tout quitter, partir en Europe pendant un an comme il y avait droit pour étudier les civilisations antiques... Il ferait un traité sur la femme étrusque! Cette enquiquineuse sophistiquée du VIIIe siècle avant J.-C...

Le lundi matin, un chaud soleil brillait sur Mount Pleasant. Après avoir travaillé plusieurs heures sur des copies dans son bureau, Bo fit sa toilette. Il s'était laissé repousser barbe et moustaches. Au moins, cela lui gagnait du temps. Il ne savait même plus pourquoi il avait eu l'idée idiote de se raser. A midi, Bo sortit de chez lui en tenue décontractée, son sac de vêtements de sport à la main. Mme Parker coupait ses rosiers. Bo dut subir l'assaut toujours volubile de sa conversation sur « l'injustice des Suédois qui regretteraient certainement sous peu de n'avoir pas couronné un homme comme le professeur Boldinger »!

– Excusez-moi, on m'attend... Bonne journée!

Tandis que Bo se défilait au volant de son camion, Mme Parker rentra dans sa maison. Elle commença à préparer un délicieux chili pour Zizou, tout en écoutant sur son poste de radio la chaîne locale de l'université...

– Salut, tout le monde, criait un jeune présentateur... Venez nombreux au terrain de sport. Ainsi, comme chaque année à la même époque, un match de touch football réunit à Mount Pleasant élèves contre professeurs... C'est une des originalités de notre université : finir la saison de cette façon alors que les autres campus terminent par du base-ball, mais nous, à Mount Pleasant, on ne fait rien comme tout le monde... Nous sommes les Pélicans du Michigan... Ecoutez ça...

Le speaker devait tendre son micro vers un groupe de filles, car aussitôt une ritournelle emplit l'intérieur de la voiture :

*Rhan! Rhan! Les Pélicans! Les Pélicans!*
*Rhan! Rhan! contre les Sultans..., contre les Sul-*
*[tans.*
*Un! deux! trois! Vlan! Les Pélicans ou les Sultans!*

Audrey mordit sa lèvre supérieure. Au fur et à mesure qu'elle approchait de Mount Pleasant, elle avait envie de faire demi-tour. La partie serait rude. Pourtant, avec cette obstination qui la caractérisait, elle continua sa route en direction du terrain de sport.

– A la mi-temps, nous rappelons que le score du match était de 12 à 6... Le Pélican Billie Budge a marqué un essai, tandis que le Sultan Beauregard Boldinger a marqué deux essais... Pas mal, félicitations au Sultan... La deuxième mi-temps vient de commencer. A sa place de quarter back, Boldinger, déchaîné, joue ouvert. Il a le ballon... Un Pélican, le numéro 11, l'arrête... Mêlée!

Sur les cris, la ritournelle et les coups de sifflet de l'arbitre, Audrey arrêta la Chrysler devant la pelouse. Elle coupa la radio et descendit de voiture. Le french poodle réclamait le droit de sortir. Elle le prit dans ses bras et se faufila parmi les spectateurs debout au premier rang.

Elle n'avait jamais très bien compris les règles de ces jeux d'équipe américains, ne connaissant que celles du bon vieux football et du rugby français!

Sur la pelouse, elle voyait deux équipes de onze joueurs qui cavalaient comme des forcenés, se renversaient, se relevaient, faisaient « la tortue » et recommençaient!

Elle isola aussitôt sur le terrain, parmi les vingt-deux hommes, Bo. Tiens, il s'était laissé repousser la barbe! Bo tenait le ballon. Il fonçait d'une foulée puissante qu'Audrey aurait reconnue entre mille. Le bon gros William courait à quelques mètres, légèrement en arrière de son ami.

– Bo..., t'as vu qui est là? hurla William.

Dans le vacarme, Bo ne comprit pas. Il voulut faire une longue passe vers William. Naturellement, celui-ci n'était jamais là quand on avait besoin de lui. Il s'était carrément arrêté. Les deux mains sur les hanches, il contemplait d'un air stupide les spectateurs de la pelouse. Bo, furieux, se jura de lui passer un bon savon après le match. En attendant, il chercha du regard un de ses ailiers.

Ce devait être un rêve, ou plutôt un cauchemar; galopant comme un forcené, Bo vit à cet instant ce qui stupéfiait William :

Dans une jolie robe blanche, un Monsieur Flint qui avait la particularité d'être devenu tout noir entre les bras, Audrey au premier rang du public... Audrey, souriante, regardait Bo!

La tête tournée vers celle qui avait été sa femme,

Bo ne vit pas le Pélican qui fonçait sur lui, tête en avant. Un choc violent l'atteignit à la tempe.

Sous les yeux d'Audrey, le Sultan Beauregard Boldinger s'effondra, sonné...

– Tenez, buvez...

Remplie de sollicitude, Audrey tendait un grand verre d'eau où elle avait mis deux gros comprimés pétillants.

Assis dans le canapé de son living-room, Bo avait l'impression de tout vivre au ralenti, de penser dans du brouillard et d'agir au milieu d'un liquide huileux. C'était le dernier état dans lequel il aurait voulu se trouver pour la revoir.

– Ci...

Bo prit le verre machinalement.

Réellement absent, il but à longues gorgées. Ça tapait sous son crâne comme dans une forge.

Elle se pencha vers lui, posa une main fraîche sur son front :

– Cela va mieux?

Elle avait toujours sa voix mélodieuse et Bo respirait le même 5 de Chanel. Etait-elle venue pour jouer les infirmières au grand cœur? Il hocha la tête :

– Hon... hon...

Bo suivit des yeux sa gracieuse et fine silhouette, qui retournait vers le bar. Elle était très élégante dans cette robe souple..., « trop » séduisante... Elle avait un peu regrossi... Cela lui allait bien..., même très bien.

De son air toujours endormi, il la regardait s'affairer sans trop chercher à comprendre. Elle avait apporté dans la voiture deux cartons à gâteaux.

Avec ses gestes précis, elle disposait une applepie, cette merveilleuse tarte aux pommes rebondie, et un french cheese cake alléchant sur un plat de faïence.

Il semble qu'elle avait surgi à Mount Pleasant dans le seul but d'inviter son ex-mari à prendre le thé!

Bo passa la main sur son front. Les cachets devaient commencer à faire leur effet. Il se sentait brusquement un peu mieux.

Il étira ses longues jambes et il cessa de regarder Audrey pour considérer, d'un air dubitatif, le french poodle *noir* qu'elle avait déposé sur le canapé en face de lui.

– Vous l'avez teint? interrogea Bo.

Elle daigna sourire. Sans que Bo sache si cela voulait dire oui ou non, elle secoua sa crinière auburn, puis elle revint poser une assiette à gâteaux vide et un verre plein devant lui.

– Vous avez eu raison! lança-t-elle très rapidement.

– Hon...

Bo ignorait totalement en quoi il n'avait pas eu tort!

– De vous laisser repousser la barbe. Finalement, je vous préfère ainsi, comme lorsque nous nous sommes connus...

Bo, prudent, s'abstint de toute réponse.

Elle ajouta :

– Cela vous donne un côté Hemingway.

– Ha-ha...

Après tout, peut-être était-elle venue parler littérature?

Quelle activité! Elle retournait déjà vers le bar. De loin, elle interrogea d'un ton négligent :

– Pourquoi êtes-vous parti si rapidement de chez l'inspecteur, l'autre jour?

L'autre jour... Il y avait très exactement un mois et deux nuits!

Bo croisa les jambes. Il regardait le caniche noir.

– La cause était entendue, non? Nous sommes

tous les deux satisfaits... Vous avez ce que vous vouliez et moi aussi...

Le french poodle, comique, penchait la tête comme le maître de maison.

– Otez-moi d'un doute affreux, lança soudain Bo. Ce caniche est blanc ou noir?

– En tout cas, je ne le vois pas rouge!

Avec ses réponses de Française, un jour il l'assassinerait!

– Vous me rassurez!

Bo, flegmatique, décroisa les jambes pour croiser ses bras. Il attendait que l'ennemi dévoile son plan de bataille.

Dans le silence qui suivit la réponse de Bo, Audrey revint armée d'une pelle à tarte et d'un plat à gâteaux. Sans regarder Bo, peut-être pour se donner une contenance, elle se pencha pour offrir au chien un morceau de cake.

– Doucement, Attila...

Bo, poli, s'enquit :

– Il n'est rien arrivé de fâcheux à...?

Assise sur le tapis, un coude appuyé contre le canapé, Audrey se décida à regarder Bo bien en face :

– Non, non, Monsieur Flint va très bien!

Dans les grands yeux gris brillaient les dangereuses petites flammes d'or. Bo décroisa ses bras pour recroiser ses jambes.

– Alors, tant mieux..., tant mieux...

Combien de temps allait-on jouer au chat et à la souris? pensa Bo. Le tout était de savoir qui était le chat et qui était la souris!

– J'ai laissé Monsieur Flint à... (Audrey eut une imperceptible hésitation)... à des amis...

Bo leva son verre :

– Alors, à vos amis!

Elle eut l'air de prendre ce toast comme une insulte... Elle se redressa rapidement sur les genoux.

– Bon... Eh bien, voilà... Je vous ai ramené votre voiture...

– Je vous en remercie...

– Je voulais... (Elle hésita encore.) Je voulais vous la rendre beaucoup plus tôt...

– On ne fait pas toujours ce que l'on veut, répliqua Bo, trop poli.

Elle le dévisagea d'un air étrange :

– Non..., pas toujours...

Ses grands yeux gris devenus soudain presque verts quittèrent Bo pour regarder la pièce avec attention.

– Vous n'auriez pas vu, par hasard...

Il comprit enfin ce qu'elle était venue chercher à Mount Pleasant.

– Mais si, vous aviez laissé des affaires un peu partout... Je les ai remises dans la valise... Il vous reste encore des bouteilles de maquillage là-haut... Si vous voulez un sac supplémentaire...

Bo se levait pour aller chercher les bagages. Audrey avait un peu pâli. Elle trouva enfin la pelle à tarte qu'elle cherchait, sous le plat, et elle se rassit sur le tapis. Tout en découpant les gâteaux, elle lança d'une petite voix, d'abord hésitante :

– Bo, je suis venue vous demander quelque chose...

Brusquement réveillé, l'esprit clair et le geste rapide, Bo se figea tel un chien de chasse aux aguets.

Bien sûr, elle avait en plus besoin d'un service... Il allait avoir le plaisir ineffable de l'envoyer au bain!

– Bo..., reprit Audrey d'un ton soudain décidé... Voulez-vous m'épouser?

Le lac Michigan serait devenu brusquement salé..., la terre se serait ouverte sous ses pieds et les bombardiers russes auraient déferlé sur le Middle West que Bo n'aurait pas été plus saisi.

Il était tellement abasourdi qu'il pensa un instant ressentir les effets de son choc à la tête et avoir mal compris la demande de la dame en question!

Bo se retourna avec une lenteur calculée. Audrey levait vers lui un regard translucide dont il avait appris à se méfier. Devant son mutisme, elle insista :

– Bo, vous m'avez entendue... Voulez-vous m'épouser?

Bo hésita entre trois attitudes : le mépris souverain, l'ironie cinglante ou la franche grossièreté. Il opta pour le persiflage distingué :

– Vous avez naturellement reperdu votre carte verte!

Il avait mis dans le mille. Elle baissa la tête.

Bien sûr, c'était ça!

– Désolé, ma chère, mais je ne peux plus rien pour vous... Que voulez-vous, une carte de perdue, dix de retrouvées...

Bo se savait ignoble. Sans répondre, elle triffouillait le gâteau du bout de la pelle à tarte. Il insista :

– J'ai pu vous rendre une fois un petit service, mais pour le deuxième, impossible..., il vous faudra trouver une autre poire... Je ne suis plus libre...

Les yeux gris s'agrandirent :

– Vous... vous êtes marié?

Elle accusait le coup.

– Je vais bientôt l'être! admit Bo d'un ton majestueux.

A cette nouvelle, elle eut l'air soulagée et elle recommença de hacher menu le malheureux french cheese cake. Ses cheveux auburn lui cachaient le visage. Un léger murmure sortit de leur rideau acajou :

– J'étais ennuyée...

« Ah! quand même! »

Bo enfonça les deux mains dans ses poches. Il devait tendre l'oreille pour écouter la suite.

– Impossible de me souvenir dans la pâtisserie de ce que vous préfériez comme gâteau, Bo.

Elle se foutait de lui ou quoi?

– Simplement ceux que l'on peut manger!

Le ton était explicite. Bo se détourna. Il sortit la valise d'Audrey du placard et, d'un geste aussi éloquent que la parole, il posa le bagage au milieu du salon.

Française jusqu'au lobe des oreilles, elle était admirable pour ne pas entendre et ne pas voir ce qu'elle ne voulait ni voir ni entendre.

Sans regarder Bo ni la valise, elle se pencha vers le french poodle pour lui caresser la tête du bout d'un doigt.

– Vous savez, vous vous trompez, Bo... Ce n'est pas ça... C'est... c'est difficile à dire... L'inspecteur Telman a bien tenu sa promesse. Il a été très gentil, très humain... Je l'aie eue... Enfin, je l'ai gardée... Enfin, je veux dire que je conserve ma carte verte... Je... Vous comprenez, Bo... Je... Tout va bien pour moi..., même très bien..., très très bien...

Elle releva la tête. Des larmes avaient envahi les immenses yeux gris devenus aussi verts que les Grands Lacs. Elles coulaient lentement sur ses joues veloutées. Un gémissement jaillit de ses lèvres roses :

– Bo, je vous en prie..., écoutez-moi..., tout va mal..., même très mal...

Seul un scorpion venimeux n'aurait pu se laisser attendrir! Bo savait qu'il était en train de se faire avoir. Il n'aurait jamais dû l'écouter, jamais dû engager la conversation avec elle. Il ne la connaissait que trop, sa dialectique tortueuse!

Audrey perçut son hésitation :

– Bo, la vérité, c'est que je...

C'était le mot malheureux!

– La vérité! hurla Bo. La vérité, mais je la connais, la vérité... Je sais tout de vous, et ce que je ne sais pas, je ne le devine que trop et cela me suffit...

La colère lui faisait du bien. Oh! il allait le vider, son sac!

– Qu'est-ce que vous croyez, qu'est-ce que vous pensez dans votre petite tête? Cela va mal pour vous? Eh bien, tant pis, cela m'est complètement égal..., même plus que ça, à un point que vous n'imaginez pas... Mais qu'est-ce que voulez que cela me fasse? (Il marchait de long en large d'un pas furieux.) Qu'est-ce que vous vous figurez? que vous pouvez sonner chaque fois que vous avez un ennui et filer quand ça vous chante?... Je ne sais où, avec je ne sais qui!... Eh bien, c'est fini, vous ne m'avez apporté que des ennuis. Mais pour moi, maintenant, je vous le dis bien en face, les ennuis sont terminés... et bien finis..., super-finis. Je préférerais le goulag ou la clinique psychiatrique plutôt que de recommencer avec vous... Allez donc écrire vos Mémoires... et bonsoir...

Emporté par son élan, Bo marchait vers la porte.

Un hurlement d'Audrey le cloua sur place :

– Arrêtez, Bo... Je vous aime... Mais je vous aime... Et vous m'aimez aussi, je le sais...

De quoi se mêlait-elle? De quel droit décidait-elle de ses pensées?

Il se retourna, glacé :

– Je ne vous aime pas!

– Ce n'est pas vrai, vous m'aimez! cria Audrey.

– Non et non, je ne vous aime pas!

Bo, hurlant, revenait sur Audrey.

S'il la touchait, il était fichu!

Elle s'était redressée. Ses seins plantureux et haletants soulevaient le fin tissu de la robe blanche. Ses joues avivées par l'éclat des larmes brillaient sur ses pommettes. Ses longs cils brun-rouge retenaient des diamants que Bo aurait voulu effacer.

Il ferma les poings, résistant à l'envie irrésistible de lui flanquer une gigantesque correction puis de la serrer dans ses bras pour l'emporter au premier étage sur le lit de la chambre jaune.

Il répéta, obstiné :

– Vous vous trompez complètement. Je ne vous aime pas! Vous m'avez distrait... amusé... C'est tout!

– Vous mentez, vous mentez pour vous venger..., pour me faire souffrir...

La voix stridente d'Audrey devait porter jusque chez les Parker. Bo ferma la fenêtre. Ce geste sembla faire reprendre courage à Audrey. Elle continua sur sa lancée :

– C'est vrai que je vous ai menti. C'est pour ça que j'ai demandé à l'inspecteur Telman que nous soyons libres pour que vous puissiez décider en toute connaissance de cause...

– Merci, c'est tout décidé, gronda Bo.

– Non..., non..., vous devez savoir... Je... J'allais à Chicago pour rejoindre ma cousine Simone et... Oh! Bo, gémit Audrey... Bo..., ne me dites pas qu'au fond de vous-même vous ne savez pas... Vous avez deviné mes raisons?... Je... Je n'étais pas libre..., je n'étais pas seule... Vous avez compris avec ce qu'a dit le journaliste français.

Bo regardait Audrey sans paraître comprendre un traître mot. Elle se mordait les doigts :

– Bo... JE VEUX QUE VOUS SOYEZ LE PÈRE DE MES ENFANTS!

A ce cri déchirant, Bo n'hésita plus, il ouvrit la fenêtre et il sauta dans le jardin.

Il l'entendait s'égosiller :

– Revenez..., mais revenez... Ce n'est pas de ma faute... Ecoutez-moi, je ne vous ai pas dit... J'ai refusé pour le journal, je ne veux pas de leurs 300 000 dollars... Ça me dégoûte..., je m'en fous... Je t'aime, crétin! Idiot, reviens... Je t'aime...

Le french poodle noir mêlait ses aboiements aux cris de sa maîtresse.

Bo bondit vers la Chrysler.

Il partait... Il s'enfuyait... Elle ne le reverrait jamais!... Audrey jeta un regard égaré autour d'elle. Il fallait le retenir à tout prix..., n'importe comment... Elle devait réussir...

Sans plus réfléchir, Audrey saisit l'apple-pie et la lança comme une soucoupe volante vers la voiture.

Bo referma précipitamment la portière au moment où le gâteau-molotov éclatait sur le pare-brise.

A travers ses larmes, Audrey vit Bo démarrer et s'enfuir de la résidence des Oiseaux.

Elle se laissa tomber sur la moquette à dessins marron et beige... Les genoux écartés comme un tailleur, sa tête accablée entre ses mains, elle sanglota.

Jamais elle n'aurait cru pouvoir aimer à nouveau ainsi... fort..., plus fort... Pour Bo, elle ressentait une passion de femme... Maurice, son mari, non, elle ne le renierait pas, elle l'avait aimé... beaucoup... Elle l'avait épousé si jeune, trop jeune... Elle avait été heureuse, très heureuse... Mais les deux dernières années avaient été si terribles qu'Audrey ne savait plus ce qu'était un sentiment... Il fallait tenir... pour elle et surtout pour *eux*... Sans vouloir se l'avouer, elle en voulait presque à Maurice Fronsac d'avoir fui dans la mort par ce coup de revolver et de l'avoir laissée seule pour faire face au désastre...

Elle avait dit la vérité pour David Crook... Bien sûr, elle avait voulu se servir de lui..., de Bo aussi... Mais, avec Bo, tout avait basculé très vite à son avantage à lui...

Audrey ne pouvait songer à leur folle nuit d'amour sans frissonner de bonheur... Les lèvres de Bo..., les mains de Bo sur sa peau... Il lui avait révélé son corps...

Audrey poussa un long soupir. Sans cette maudite épidémie de varicelle, elle serait revenue plus vite auprès de Bo... Allons, il fallait partir *les* rejoindre. Elle avait été folle de faire un pari avec l'amour. Elle se redressa. Un cri mourut dans sa gorge.

Bo était revenu. Appuyé à l'embrasure de la porte, il la considérait d'un air sombre.

– Combien sont-ils?

Il ouvrait les bras. Sans répondre, elle s'abattit sur sa poitrine.

Les mains impatientes de Bo se refermèrent sur Audrey.

Elle leva la tête :

– Bo... Bo..., tu les aimeras...

– C'est toi que j'aime, murmura Bo, battu à plate couture.

Pendant que leurs lèvres affamées se joignaient, il eut le temps de penser : « Matt avait raison, il faut choisir et j'ai choisi de manger le gâteau! »

Avec un grondement, il enleva Audrey dans ses bras et l'entraîna au premier étage vers la blancheur du lit.

Bo aimait Audrey. Audrey aimait Bo... Frissonnante de plaisir, elle se laissa submerger par l'amour... Avec lui, tout était simple, merveilleux et beau...

Par-delà les embûches, les difficultés, les souvenirs et leur passé douloureux, enfin ils se rejoignirent. Bientôt, oubliant de quoi serait fait demain, ils ne firent plus qu'un...

## ÉPILOGUE

## LES PREMIERS JOURS DE L'ÉTÉ

– Heureusement qu'il a eu sa place de vice-président, CE PAUVRE Pr BOLDINGER!... PARCE QU'IL VA AVOIR BIEN BESOIN D'UNE AUGMENTATION DE SALAIRE AVEC TOUS LES ENFANTS DE SA FEMME...

Mme Parker avait parlé un peu fort. Zizou lui fit signe de se taire.

Dans la petite chapelle de l'université, bondée à craquer, le révérend Matt célébrait, pour la deuxième fois, le mariage de Bo et Audrey, mais aujourd'hui devant une assistance choisie.

Parmi les professeurs et les étudiants, qui n'étaient pas encore partis en vacances, il y avait au premier rang M. et Mme Parker, William, le bon gros Will tout ému entre Simone et sa chipie de fille, Lili.

Pour cette dernière, Bo avait pardonné d'autant plus facilement que Lili et le jeune inspecteur Telman étaient devenus depuis quelques jours inséparables!

Terry Telman avait rencontré Lili à l'université en venant faire signer à Bo les papiers officiels des enfants... « La loi, c'est la loi »... et Mme Audrey Fronsac avait encore fait une petite omission pour sa famille nombreuse, mais Terry Telman n'était pas un ogre...

Il y avait donc eu quatre cartes vertes supplémentaires à obtenir de l'administration des Etats-Unis... C'était sans compter avec le permis de séjour à faire renouveler de la gentille Simone. Elle avait bien dit que maintenant que tout était arrangé pour sa cousine Audrey elle voulait partir, mais Bo pressentait que William n'allait pas tarder à s'occuper personnellement des papiers de Simone...

Très chef de famille, Bo avait voulu donner un certain retentissement à la noce, afin de faire, une fois pour toutes, taire les commérages... Ce n'était pas tellement pour lui, que pour Audrey et les enfants... Ils avaient tous trop souffert du scandale. Ils allaient maintenant vivre ici. Ils allaient faire leurs études à Mount Pleasant. Tout en restant de petits Français, ils allaient grandir parmi de jeunes Américains. Ils devaient être respectés et eux-mêmes respecter leur beau-père, Beauregard Boldinger.

Prenant son nouveau rôle très au sérieux, Bo posa une main sur la tête bouclée du fils aîné... Comme sa mère, comme ses frères et sœurs, il possédait cette couleur rare de cheveux... auburn... « Acajou », disait le flic de Muskegon. A ce souvenir, un sourire amusé flotta sur les lèvres de Bo : pour un célibataire détestant les enfants, quatre orphelins de père d'un seul coup, allant de dix ans à six ans, ce n'était pas si mal!

Sa sorcière française avait intercepté son sourire au passage. Peut-être même avait-elle capté ses pensées? Bo l'en savait capable. Elle avait dû en tout cas l'interpréter à sa façon, car elle levait vers celui qui allait redevenir sous peu son mari ses admirables yeux gris où les petites flammes d'or qui y brillaient la seconde d'avant s'étaient brusquement assombries.

Bo, maintenant, connaissait Audrey. Il savait à quel point son apparente assurance, ses airs aussi belliqueux que victorieux cachaient de réelle inquiétude, de faiblesse, de douleur et de crainte devant l'agressivité de la vie...

D'une légère pression des doigts sur son poignet délicat, Bo rassura Audrey.

Il était là. Rien n'était changé sous le soleil... Comme Cro-Magnon pour sa compagne fidèle et ses petits affamés : Ludovic, Frédéric et les jumeaux Eugénie et Renaud... Quatre petits Fronsac-Boldinger...

– Voulez-vous prendre pour épouse Audrey Fronsac, ici présente?

– OUI...

Tant qu'il aurait en lui un souffle de vie, le primate nommé Beauregard Boldinger serait toujours là.

Aux portes de la chapelle, les french poodles, Attila et Monsieur Flint, semblaient réunir, par les joyeux aboiements qui jaillissaient de leurs petites gueules noire et blanche, le passé et l'avenir d'Audrey.

On jeta beaucoup de riz sur les jeunes mariés, puis ils partirent en voyage de noces, avec tous les enfants, pour faire du canoë dans le Colorado...

Au retour, il fallut beaucoup agrandir les deux maisons de Bo..., surtout la cabane du bout du monde... Surtout pour l'été suivant, lorsque Beauregard junior fit son entrée dans cette famille déjà nombreuse.

Son fils sur un bras, Bo, après avoir préparé les cours du lendemain de week-end prit le *Mount Pleasant Journal*.

Les cris joyeux des enfants résonnaient près de la rivière. Audrey allait et venait dans la cabane. Elle était plus belle que lorsque Bo l'avait connue, plus sereine et épanouie.

Jamais il n'oublierait leur première nuit dans cette clairière...

Un petit article annonçait en dernière page le mariage de David Crook avec une riche héritière de Detroit!

Bo releva la tête et il posa enfin la question qui le tracassait depuis longtemps :

– Dis-moi, chérie, pourquoi ne m'as-tu pas expliqué tout simplement la vérité dès le premier jour de notre rencontre?

Un irrésistible sourire éclaira le visage d'Audrey. Elle se pencha vers son mari :

– Tu aurais pris la fuite...

– Jamais...

– Bien sûr que si, mon amour... Tu as essayé...

Les flammes d'or brillaient dans les admirables yeux gris :

– Veux-tu me donner le moyen, pour une veuve criblée de dettes et accablée de quatre enfants, de se faire épouser par l'homme qu'elle aime sur un coup de foudre?...

– Oh!... pas tout de suite..., protesta Bo.

– Si... J'ai même failli tomber dans tes bras dès le premier soir...

– Eh bien, si j'avais su...

Les cheveux d'Audrey caressaient la joue de Bo. Elle lisait, par-dessus son épaule, l'article sur le mariage de David Crook.

– Il a eu de la chance de se consoler si vite, celui-là, déclara Bo d'un ton mi-figue, mi-raisin... Car moi, si tu m'avais quitté, j'en serais toujours demeuré inconsolable...

– Menteur!

Il voulut protester.

– Je t'aime.

Elle lui ferma la bouche d'un baiser.

C'était un très bel été sur les berges du lac Michigan...

Editions J'ai Lu, 31, rue de Tournon, 75006 Paris

*diffusion*
*France et étranger : Flammarion, Paris*
*Suisse : Office du Livre, Fribourg*
*diffusion exclusive*
*Canada : Flammarion Ltée, Montréal*

Achevé d'imprimer sur les presses de l'imprimerie Brodard et Taupin
7, Bd Romain-Rolland, Montrouge. Usine de La Flèche,
le 15 février 1982
6517-5 Dépôt Légal février 1982. ISBN : 2 - 277 - 21289 - X
Imprimé en France